U0898940

他凄美的一生，
尽在他情深的诗词里了……

[清] 纳兰性德 著

桑妮 编著

纳兰词

一尺华丽，三寸忧伤

新世界出版社
NEW WORLD PRESS

身世

非关癖爱轻模样，冷处偏佳。
别有根芽，不是人间富贵花。
谢娘别后谁能惜，飘泊天涯。
寒月悲笳，万里西风瀚海沙。

——《采桑子·塞上咏雪花》

身在富贵家，于他而言却是为桎梏，
无自由、无意趣，更无天伦之乐，
这人生一如这雪花，冷风中寂寥飘零……

他与她，青梅竹马，情深意重，却怎奈侯门难入，
良缘被拆，从此一别再无法相见。

初恋

一生一代一双人，争教两处销魂。
相思相望不相亲，天为谁春？
浆向蓝桥易乞，药成碧海难奔。
若容相访饮牛津，相对忘贫。

——《画春堂·一生一代一双人》

仕途

山一程，水一程，
身向榆关那畔行，夜深千帐灯。
风一更，雪一更，
聒碎乡心梦不成，故园无此声。

——《长相思·山一程》

虽身居帝王一等侍卫，他却生了一颗爱自由的心。
故而，如此的仕途成了羁绊。

爱情

谁念西风独自凉，萧萧黄叶闭疏窗，沉思往事立残阳。
被酒莫惊春睡重，赌书消得泼茶香，当时只道是寻常。

——《浣溪沙·谁念西风独自凉》

由来缘浅，奈何情深。他娶她为妻，从此相亲相爱，
却天妒红颜，她与他天人相隔，再无法相偎依。

知己

昏鸦尽，小立恨因谁？
急雪乍翻香阁絮，
轻风吹到胆瓶梅，心字已成灰。

——《梦江南·昏鸦尽》

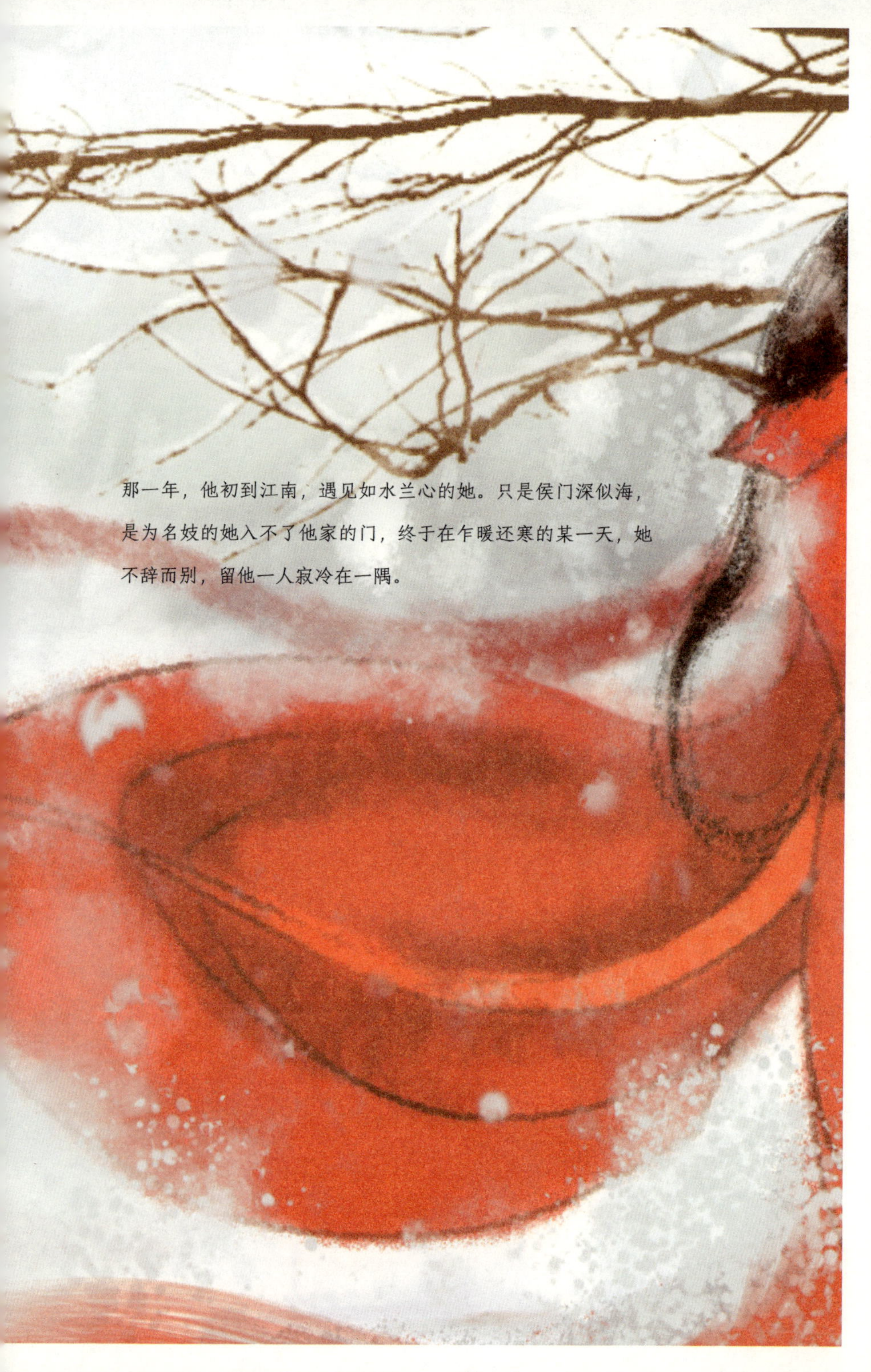

那一年，他初到江南，遇见如水兰心的她。只是侯门深似海，是为名妓的她入不了他家的门，终于在乍暖还寒的某一天，她不辞而别，留他一人寂冷在一隅。

尾语

人生若只如初见，何事秋风悲画扇。
等闲变却故人心，却道故人心易变。
骊山语罢清宵半，泪雨霖铃终不怨。
何如薄幸锦衣郎，比翼连枝当日愿。

——《木兰花令·拟古决绝词柬友》

为情生、为情困的他，在心灰意冷里填却这一阕辛酸的词，
如同一场郑重的告别，就此了却他这短暂的一生。

目录

当我们只能从字眼中寻觅纳兰时，他离我们是这样远，
可是，穿过岁月尘埃，随着一袖西风，他却清晰可见，
那个枯瘦清俊的身影，就伫立在那里，
披着月光，忧郁地望着远方。
他望出去的，是西风吹过江南的笛声，
是渡船行经塞北的风雪。

壹

人生若只如初见

木兰花令

拟古决绝词柬友[1]

人生若只如初见，何事秋风悲画扇[2]。
等闲变却故人心，却道故人心易变[3]。
骊山语罢清宵半，泪雨霖铃终不怨[4]。
何如薄幸锦衣郎，比翼连枝当日愿[5]。

背景

这是模仿古乐府的一阕决绝词，是纳兰写给一位友人的。通常认为这位友人是纳兰的知己——清代文学家顾贞观。

人生若只如初见，
何事秋风悲画扇。

词译

与心上人，如果始终如初见时那般美好，诚如团扇在初夏时刚刚拿在手中的那一刻，该多好。

然而，一切美好都是愿想，世事难全心意，就像故人先变了一般，明明是自己轻易地先变了心，却反而说情人之间本就很容易变心。

或许薄情的人总这般，曾经的软语呢喃、海盟山誓，都不过是过眼云烟，在时光里一忽儿就稍纵即逝。

曾经的你和我，也像唐明皇和杨贵妃那般立下过生生世世不分开的誓言，只为往日难追寻，无论世事如何，能有一段情便心生不怨。

只是，只是，我的心中仍有一些失落，毕竟薄幸的唐明皇当日在长生殿还有着“在天愿作比翼鸟，在地愿为连理枝”的深情誓愿给杨贵妃呢！

而你，却没有。

笺注

[1] 柬：给……信札。

[2] “何事”句：引用汉朝班婕妤被弃的典故。班婕妤为汉成帝之妃，因被赵飞燕谗害，而居于冷宫，后有诗《怨歌行》，以秋扇闲置为喻来抒发被弃之怨情。后南朝梁刘孝绰在《班婕妤怨》诗中点明“妾身似秋扇”，后世遂以秋扇喻女子被弃。

[3] 故人：指情人。却道故人心易变：出自娱园本，一作“却道故人心易变”。

[4] “骊山”二句：引用的是唐明皇与杨玉环的爱情典故。《太真外传》中载，唐明皇与杨玉环，曾于七月七日夜在骊山华清宫长生殿中盟誓，愿世世为夫妻。白居易《长恨歌》“在天愿作比翼鸟，在地愿为连理枝”，对此盟誓进行了如是生动的描写。后安史乱起，明皇入蜀，于马嵬坡将杨玉环赐死。杨死前云：“妾诚负国恩，死无恨矣。”此后，明皇于途中闻雨声、铃声而悲伤，遂作《雨霖铃》曲以寄哀思。此处，借用此典表明的是，即使是最后作了决绝之别，心中也不会生怨。

[5] “何如”二句：化用唐李商隐《马嵬》诗中“如何四纪为天子，不及卢家有莫愁”之句意。薄幸：即薄情。锦衣郎：指唐明皇。

忆王孙

刺桐花底是儿家

刺桐花底是儿家，已拆秋千未采茶。

睡起重寻好梦赊[1]。忆交加[2]，倚著闲窗数落花。

背景

纳兰看到佳人故乡风物刺桐花时，怀人之心油然而生，便拟小女子口吻写上一则怀春之词。

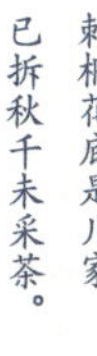

词译

刺桐花开，花瓣儿飘飞，悄然飘进情窦初开的少女心里。

恰是晚春时节，秋千已拆，春茶欲采，少女在刺桐花下的庭院里静待落花。

幽幽梦醒来，少女却难寻梦境中的甜蜜，与心上人相守相依偎的美好也再无法重现。

于是，她只好倚靠在窗前闲看落花，数它们凋零朵朵，来追忆曾经与心上人相拥赏花的点滴时光。

笺注

[1] 赊：渺茫、稀少意。

[2] 交加：形容男女相偎，亲密无间。

浣溪沙

睡起惺忪强自支

睡起惺忪[1]强自支。绿倾蝉鬓[2]下帘时。夜来愁损小腰肢。

远信不归[3]空伫望，幽期细数却参差[4]。更兼何事耐寻思。

背景

这首词写于康熙年间，是纳兰以妻子卢氏为原型而创作的，回忆和妻子相依相伴的美好时光，想象妻子当时思念自己时承受的苦楚，动情之下而写。

词译

小憩醒来，女子睡眼惺忪一切似在梦中，勉强打起精神来也无暇顾及那松散了的如云发髻。

爱人不在身边，她便没有了梳妆打扮的心思。无数个孤寂难眠哀愁的夜，早已将她折磨得十分消瘦。

爱人远去他乡，经久未有任何音讯，空留她一人日日守空闺，望穿秋水，望断海角，始终都不见他归来。曾经相约的归期，到如今已无法算分明。

思念太煎熬，让她焦虑得心无着落、人也恍惚。

如此的她，再无任何心思来言及其他事情。

绿倾蝉鬓下帘时。
夜来愁损小腰肢。

笺注

[1] 惺忪：刚醒时，眼睛模糊不清。

[2] 绿倾蝉鬓：形容低垂着头时，乌黑发亮的头发覆盖下来的样子。绿，指妇女似碧云般浓密的头发。蝉鬓，指古代妇女的一种发式。因轻薄似蝉翼，故称蝉鬓。

[3] 远信不归：指对方没有来信。

[4] 幽期：指男女间的私会。参差：隐约、仿佛，意不甚分明。

浣溪沙

记绾长条欲别难

记绾长条欲别难[1]。盈盈自此隔银湾[2]。便无风雪也摧残。
青雀几时裁锦字[3]，玉虫连夜剪春幡[4]。不禁辛苦况[5]相关。

背景

康熙二十三年（1684年），康熙结束了南巡，纳兰性德不得不跟随其回京，一年之后因思念沈宛而写下这首词。

词译

还记得分离的那日，我们折下长长的柳条相送吗？柳叶飘飘里，是我们对彼此的情意深深。爱而不得，只怨缘分浅，再多的依依不舍都无法改变天各一方，真的太伤人。

这以后，我们终难再相见，如此刻骨的痛，比这风霜雨雪更催人老去。

而如今，你我远隔芳草天涯，更不知何时才能相聚，盈盈一水间，你我再无法言说任何甜言蜜语。什么风花雪月，什么西窗剪烛，都成追忆。

马上就要立春，这美好的绿意盎然的季节里，有太多的女子为和有情人相聚，连夜挑灯裁制春幡，你是不是其中一位？我始终盼着能有你的来信，却一直没能盼到，或许是你没空给我写信吧。那么，我如此心系于你，你即便不写信，也会如我一般相思如灾，变得憔悴吧！

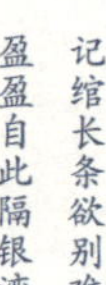

笺注

[1] 绾（wǎn）：缠绕打结。长条：所指柳条，古时有折柳赠别的习俗。

[2] 盈盈：形容水清澈的样子。银湾：指银河。

[3] 青雀：青鸟，传说是西王母的信使，后成为信使的代称。锦字：女子寄给夫君或情人的书信。

[4] 玉虫：灯花。春幡：在春日做的一种小旗。旧时的一种习俗，在立春这天将其悬挂在枝头上或戴在头上以示迎春。

[5] 况：正，适。

浣溪沙

一半残阳下小楼

一半残阳下小楼，朱帘斜控[1]软金钩。倚阑无绪不能愁[2]。

有个盈盈[3]骑马过，薄妆浅黛亦风流。见人羞涩却回头。

背景

纳兰性德生来多愁善感，某一日，一个淡妆美人骑马从他面前走过，引起了他朦胧的爱恋之情，于是有感而发写下了这首词。

词译

黄昏是最易心生浪漫的时刻，夕阳西下，缕缕余晖慢慢地退隐下小楼的台阶，暮霭轻袭，朱帘斜斜垂挂在软金钩上。倚栏而立，看这残阳斜晖，心中不免升腾起万千难掩的愁绪。

恰有一位婀娜动人的女子骑马轻盈经过，略施薄妆、浅描眉黛的她，有着不可名状的妩媚风情。哀愁中的人，见此清澈入心的女子也会心情大好，莞尔会想到美好的爱情。

而这女子，是如此的美好，见陌生人后脸上不由生起一阵娇羞的红晕，回头顾盼里有万千风情。

薄妆浅黛亦风流。
见人羞涩却回头。

笺注

[1] 斜控：斜斜地垂挂。控，下垂、弯曲的样子。

[2] 不能愁：不能控制心中的忧愁。

[3] 盈盈：指仪态美好。此中代指仪态美好之人。

浣溪沙

五字诗中目乍成

五字诗中目乍成[1]。尽教残福[2]折书生。手挼[3]裙带那时情。

别后心期[4]和梦杳，年来憔悴与愁并。夕阳依旧小窗明[5]。

背景

这首词写别后相思。

词译

那一首初见时的有情五言诗，吸引了你，亦吸引了我。

两两相望里，眉目传情，所有的爱慕全在不言中。为了爱你，我愿意折却我这余生的幸福，而你亦轻揉裙带，含情脉脉地将爱我的情愫传递。

一切，皆无悔！

只是，离别的利剑穿梭时光，击中了我和你。

我们，至此被分离。

就此，思念深种。自别后，再无法相逢。无数个日夜里，思念煎熬，唯有在梦中才能相会。万千折磨里，一年已过，身心早已憔悴不堪。愁怨满地生，相思成灾疾，我们都成了爱里的病中人。

夕阳依旧在，小窗明净，而你不在，一切都是无限惆怅！

别后心期和梦杳，
年来憔悴与愁并。

笺注

[1] 五字诗：即五言诗。目乍成：指男女之间以目传情的样子。

[2] 残福：短暂的幸福。

[3] 挼（ruó）：揉搓。

[4] 心期：心相期许。

[5] 小窗明：出自唐方棫《失题》诗：“夕阳如有意，长傍小窗明。”

浣溪沙

莲漏三声烛半条

莲漏[1]三声烛半条，杏花微雨湿红绡[2]。那将红豆寄无聊[3]。

春色已看浓似酒，归期安得信如潮[4]。离魂入夜倩[5]谁招。

背景

以女子的角度来写离别之情，约写于寒食节前夕某一个孤寂的春夜，表达了对远方恋人的深深思念。

词译

夜深了，灯火阑珊，莲漏声声在耳际寂寞回响。

深闺独居的女子，只能静静地守候着这不停流泻的烛火，泪流在心。已如此凄凉，这恼人的春天里，多情的微雨还淅淅沥沥地下个不停，溅湿满园杏花，让人相思更深。

为何要遥寄让人心生相思的红豆，勾起人情愫更多，徒添几许相思苦！

春天已快过去，这么久了，还没等到离人的归期，他没能像潮水一样守约而归。

在这孤寂难熬的夜里，谁能将他拉入我梦中。

笺注

[1] 莲漏：古代一种计时器，谓莲花漏。

[2] 杏花微雨：清明前后时，杏花盛开之际下的雨。红绡：代指红色花朵。

[3] 红豆：红豆树、海红豆及相思子果实的统称。古诗词中，常用其象征爱情或相思等。那：同奈。

[4] 信如潮：即如信潮，谓如定期而来的潮水一样准确无误。

[5] 倩：请。

浣溪沙

欲问江梅瘦几分

欲问江梅[1]瘦几分，只看愁损[2]翠罗裙。麝篝衾冷惜余熏[3]。
可耐[4]暮寒长倚竹，便教[5]春好不开门。枇杷花底校书人[6]。

背景

失去妻子卢氏后，形影单只的纳兰性德邂逅了江南才女沈宛。可惜造化弄人，两人相爱相伴不足半年，沈宛就凄然返回江南。就此，纳兰陷入深深的思念里不能自拔，故创作此词。

欲问江梅瘦几分，
只看愁损翠罗裙。

词译

她似江梅，清雅美好。只是缘分浅，她于时光里离我而去。

想她的无数个夜里，相思如潮水，只惦念着她近来又消瘦了几分。可以想见的是，她的翠罗裙一定宽松了不少，风吹云动里是她摇曳的凄楚样子。

点燃的麝香，已经在熏笼里燃尽，一个人睡，床褥再厚似乎也无法抵挡这春寒料峭的冷意深深，所以，倍觉这熏笼里的一点点余温让人怜惜。

依稀可见她在暮色四合的寂冷里，久久地伫立在修竹旁，斜倚微靠里尽见她的凄恻。纵然春光无限好，她也懒得出门去走走，只窝在枇杷花树下读书，然后填写一首首相思的词。

可耐暮寒长倚竹，
便教春好不开门。

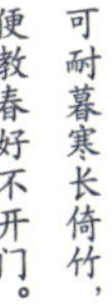

笺注

[1] 江梅：野梅。此处以江梅喻离去的沈宛。

[2] 愁损：因愁情相思而使人消瘦。

[3] 麝篝：燃烧麝香的一种熏笼。余熏：指麝香燃后的余热。

[4] 可耐：无可奈何。

[5] 便教：即便是，纵然是。

[6] 校书人：唐王建《寄蜀中薛涛校书》诗：“万里桥边女校书，枇杷花里闭门居。”薛涛是唐时名妓，能诗，故后世将能诗文的妓女称为女校书。此处借指花下读书人。

南乡子

飞絮晚悠飏

飞絮[1]晚悠飏，斜日波纹映画梁[2]
刺绣女儿楼上立，柔肠。爱看晴丝百尺长。
风定却闻香，吹落残红[3]在绣床。
休堕玉钗惊比翼[4]，双双。共唼[5]苹花绿满塘。

背景

这首词创作年代不详，看词的内容，纳兰或为一位江南女子而作，或作于其妻卢氏未嫁之时。

词译

黄昏时近，暮色四合夕阳西下，柳絮儿随风飘飞，水波荡漾里全是落日余晖闪烁其间。

有刺绣的女子，长久地伫立在楼上，看那柳丝绵长，想起自己的爱情，不禁柔肠百转起来。

风住，花香漫。

她回转身，看到落花满床，原来刚刚的风把落花都吹到了绣床上。忽而心惊，她不由得喃喃细语道，千万别把那心爱的玉钗吹落到地上，因为会惊起池塘里那对正嬉戏着的恩爱的鸳鸯。

要知道，在这世间，双宿双栖是多么难得！

刺绣女儿楼上立，柔肠。爱看晴丝百尺长。

笺注

[1] 飞絮：飘飞的柳絮。

[2] 画梁：装饰有彩画的屋梁。

[3] 残红：被吹落在地的花瓣。

[4] 比翼：指鸳鸯。

[5] 唼（shà）：水鸟或鱼吃食。

赤枣子

惊晓漏

惊晓漏，护春眠[1]。格外娇慵只自怜。
寄语酿花[2]风日好，绿窗来与上琴弦。

背景

传说这首词是纳兰性德在青梅竹马的表妹雪梅被选到宫里之后而作。

词译

拂晓晨曦，滴漏声声里将春睡正酣的佳人惊醒。

只是，浓浓睡意深，佳人一副娇慵倦怠的俏模样让人暗生怜爱。

思念深，这一切都成过往。

一切尘埃皆落定，爱的不爱的，都已不见。

窗外已是春光满园，只念那些娇滴滴含苞待放的花朵哟，快趁着这大好的时光绽放吧，有些事真的是时光一去不复返。

心绪难平中，忍不住对着花开轻语：快快到绿窗边上来，来与我一起拨弄琴弦，将相思意传递。

寄语酿花风日好，
绿窗来与上琴弦。

笺注

[1] “惊晓漏”句：意清晓，漏声将人惊醒，但人却依然贪睡。

[2] 酿花：催花开放。

浣溪沙

寄严荪友

藕荡桥边埋钓筒[1]，苎萝西去五湖东[2]。笔床茶灶太从容[3]。

况有短墙银杏雨[4]，更兼高阁玉兰风。画眉闲了画芙蓉[5]。

背景

这首词，作于纳兰的好友严荪友南下归乡的时候，写南归故里的荪友的生活情景，满蕴纳兰对友人的无限怀念。

况有短墙银杏雨，
更兼高阁玉兰风。
画眉闲了画芙蓉。

词译

夏时，你住在藕荡桥边，泛舟钓鱼，与亭亭而立的荷叶为邻，与丝丝缕缕的绿萍为伍，纵情山水，自得其乐，羡煞我等俗人。

你带着你的钓竿归隐山河，连带着你的才情，挥一挥手，左边有苎萝山从西边归来，右边有太湖在东边流淌。这生活，是如此惬意，令人艳羡不已。

可是，寄情书画、烹茶品茗里，你忘了你还有一支极富才情的笔，可以写入许多人的心里。

不过，我深深知道，那矮墙里银杏树儿风雨中飘摇，阁楼之上玉兰香气弥漫，人生的怡然恬淡就全在其间了。更何况，你身边始终还有佳人陪伴，笔墨怡情里更添眉黛如雪的赏心悦目。

如此人生，真的足矣！

怎还会惦记那所谓的才情如何？

笺注

[1] 藕荡桥：指严荪友在无锡西洋溪宅第附近的一座桥，荪友以此而自号藕荡渔人。钓筒：插在水里捕鱼的竹器。

[2] 苎萝：苎萝山，在浙江省诸暨市南。五湖：即太湖。

[3] 笔床：卧置毛笔的器具。茶灶：烹茶的小炉灶。

[4] 银杏：即白果树，又名公孙树。

[5] 画眉：取自汉张敞为妻子画眉的故事，比喻夫妻和美。芙蓉：指严氏故乡无锡的芙蓉湖（在无锡西北，又名射贵湖、无锡湖）。

菩萨蛮

寄梁汾苕中[1]

知君此际情萧索，黄芦苦竹孤舟泊[2]。烟白酒旗青，水村鱼市晴。

柁楼[3]今夕梦，脉脉春寒送。直过画眉桥[4]，钱塘江上潮。

背景

这是纳兰写给友人顾梁汾的一首怀念之词。顾梁汾南归时，曾在苕溪寄居过，纳兰也曾托人寄信于他，但未收到他的回信，由此纳兰以为他仍然住在苕溪，故题名“寄梁汾苕中”。

词译

在那一段长长的跋涉旅途里，我深知君的心情必然是萧索落寞的。

独行的路途，陪伴你的只有孤舟，以及围绕在身边的那些惹人烦恼的黄芦苦竹。两岸边如此热闹，满眼的烟白旗青、水村鱼市，呈现出一派锦绣祥和的景象，而你的心却被映衬得失落感伤。

夜深了，你孤寂一人居宿于船中小楼，船外是一片淡淡的春寒。今夜，你应该会做一个好梦吧。因为，虽然这一路你历尽凄恻寂寞，但画眉桥过，终点处就是阖家团聚。

这世间，人生浩渺，琴瑟和鸣才是最大的安慰。

所以，就任由这钱塘江水潮起潮落吧，春去秋来里有团聚就有最大的美好。

柁楼今夕梦，脉脉春寒送。
直过画眉桥，钱塘江上潮。

笺注

[1] 苕中：浙江湖州有苕溪，故湖州一带被称为“苕中”。

[2] “黄芦”句：取自唐白居易《琵琶行》诗：“住近湓江地低湿，黄芦苦竹绕宅生。”

[3] 柁楼：在船尾舵工操舵处的小楼，此谓在船中居宿。

[4] 画眉桥：取自顾贞观《踏莎美人》词“双鱼好托夜来潮，此信拆看，应傍画眉桥”。

清平乐

忆梁汾[2]

才听夜雨，便觉秋如许。绕砌蛩螿[2]人不语，有梦转愁无据[3]。

乱山千叠横江，忆君游倦[4]何方。知否小窗红烛，照人此夜凄凉。

背景

这是纳兰因秋夜思念友人顾梁汾而创作的词。

词译

夜阑人静，雨初歇，秋天很快就要到来。

此时，寒蝉的哀鸣和蟋蟀的低吟连成一片，让人感到更加孤单，唯有无声默然。

梦入心头，却寻你踪影不见，徒添万千愁绪。

自你离去，我们就此隔了千山万水，不知四处漂泊的你，如今身在何处。

念你深，却寻你不见，此刻只有小窗前的烛火落寞地闪烁着。

空寂的长夜，如此漫长，光影里更觉形单影只，更加凄凉。

才听夜雨，便觉秋如许。

笺注

[1] 梁汾：作者的挚友顾贞观。

[2] 蛩螀（qióng jiāng）：蛩，蟋蟀。螀，蝉。

[3] 无据：不可靠、不足凭。

[4] 游倦：倦于游宦，谓仕宦不如意而漂泊潦倒。

遐方怨

欹角枕

欹角枕[1]，掩红窗。梦到江南，伊家博山[2]沉水香[3]。

浣裙[4]归晚坐思量。轻烟笼浅黛[5]，月茫茫。

背景

康熙二十四年（1685 年）春，沈宛南归，孤寂的纳兰赋词一阕来思念她。

词译

夜晚，他独自倚坐窗前，斜靠着角枕，烛光闪烁，更映照了他的影单形只。

渐渐进入梦乡，他恍惚间又去到了江南。那是她的故乡、她的家，梦中依稀看见她屋内香炉里袅袅燃起的烟气。

遥想一下，她应是去河边洗衣了，归来时天色已晚，于是索性坐在窗前，想一些难以排遣的心事。

细思量，愁更深。

只见她，烟锁眉间，忧锁心头。

没有心上人的世界，一切都是空寂，皓月当空也只剩孤寂。

欹角枕，掩红窗。
梦到江南，伊家博山沉水香。

笺注

[1] 欹角枕：欹（qī），通“倚”，斜靠着枕头意。

[2] 博山：即博山炉，一种香炉。

[3] 沉水香：即沉香，一种香料。

[4] 浣裙：即浣衣，洗衣。

[5] 浅黛：用黛螺淡画的眉毛。此处代指美丽的女子。

天仙子

梦里蘼芜青一剪

梦里蘼芜[1]青一剪，玉郎[2]经岁音书远。

暗钟[3]明月不归来，梁上燕，轻罗扇[4]，好风又落桃花片。

背景

纳兰出使梭龙时，途中所作，借由女子之口表达离别之苦。

词译

梦中，蘼芜草一片片，她一脸含嗔，幽幽地站在这一片碧草青青之中。长夜里凄清，除了这梦能给她安慰，无他。已经整整一年了，远行的他还没任何音讯。她就算心中生怨，却不得倾诉。

晚钟已敲响，明月也冉冉升起，燕儿正在梁上软语呢喃，你为何还不回来？罗扇轻薄，扇不去这孤寂难挨，愁绪生，恰又起春风，吹落桃花瓣瓣，却吹不去她满心愁绪。

梁上燕，轻罗扇，
好风又落桃花片。

笺注

[1] 蘼芜：一种香草，古诗词里多用其表达分离和闺怨。

[2] 玉郎：古时对男子的美称，或女子对丈夫、对情人的爱称。

[3] 暗钟：夜晚的钟声。

[4] 轻罗扇：质地极薄的丝织品所制的扇，女子夏日所用。古诗词中，常用其隐喻女子的孤寂。

相见欢

落花如梦凄迷

落花如梦凄迷。麝烟[1]微，又是夕阳潜下小楼西。

愁无限，消瘦尽，有谁知？闲教玉笼鹦鹉念郎诗[2]。

背景

康熙十三年（1674年），纳兰与卢氏成婚，婚后两人琴瑟和鸣，无限恩爱。这首词，虽写宫怨，然纳兰自己却不悲戚，而是借由宫怨词，来表达自己对妻子的思念之情。

词译

暮春时节，院中的落花如烟似梦，凄婉迷离；袅袅的熏香烟雾里，夕阳又悄悄地坠落下小楼，无情似它，始终不愿多给一点温度。

花落，愁浓。人，自消瘦。

她在无限忧愁里渐渐消瘦，容颜憔悴，却无人知晓她的无限忧伤。闲来无事的无聊时光里，她只好一遍遍地去教玉笼中的那只鹦鹉，教它诵念心上人赠予的诗句，假装他始终没远离，始终在自己身边。

愁无限，消瘦尽，有谁知？

笺注

[1] 麝烟：焚烧麝香时，散发出的香烟。

[2] “闲教”句：此句化用前人意象。柳永《甘草子》：“却傍金笼共鹦鹉，念粉郎言语。”

生查子

东风不解愁

东风不解愁，偷展湘裙衩[1]。独夜背纱笼[2]，影著纤腰画。

爇尽水沉烟[3]，露滴鸳鸯瓦。花骨冷宜香[4]，小立樱桃下。

背景

纳兰与卢氏，婚后恩爱无限，可惜好景不长，他们仅仅一起生活了短短三年，卢氏就不幸离开了他。此词，纳兰意在表达自己孤寂凄苦的鳏居生活。

词译

恼人的东风，如此不解风情，不但无力吹去她的忧愁，却还偷偷地轻拂她的裙衩。

孤寂的夜，暮色深浓，形单影只的她背靠着丝纱罩的灯笼，颦眉轻锁，浮光暗影里，她的身影是那么纤细美好。

夜深人静，沉香已燃尽，烟气亦消散，晨露凝结在成对的鸳鸯瓦片上。

夜来天寒露冷，樱桃花蕾却出奇地芬芳。

念故人深，她立在树下，任思念扑面而来。

花骨冷宜香，小立樱桃下。

笺注

[1] 湘裙：用湖绿色的丝绸制作的裙。

[2] 纱笼：灯笼意。

[3] “爇（ruò）尽”句：沉香已经燃尽。爇，即燃烧。水沉，即水沉香、沉香。

[4] “花骨”句：意夜来天寒露冷，而花蕾却发出宜人的香气。花骨，即花蕾。

浣溪沙

雨歇梧桐泪乍收

雨歇梧桐[1]泪乍收，遣怀翻[2]自忆从头。摘花销恨旧风流[3]。

帘影碧桃人已去[4]，屧痕[5]苍藓径[6]空留。两眉[7]何处月如钩？

背景

这应是纳兰写给他早年间曾爱过的一位女子的一首词。不是青梅竹马的表妹，也不是琴瑟和鸣的卢氏，从史料中亦无处可寻这位翩若惊鸿的美人。于是这首情意缠绵的词，就更耐人寻味。

词译

淅淅沥沥的秋雨初停，雨打梧桐声也渐渐消歇。

只是如同情人泪珠的雨滴，还恼人地让人想起一些蚀骨入心的往事。

曾经与她有过的那些美好的风花雪月，如影追随。

盈盈碧桃依旧，却再寻不到她的倩影。苔痕深深的小径上，空留下她的一串浅浅的脚印。

她曾那么真实地伴在身边，而如今，只剩对她深情的思念，似这冷月如钩在心头。

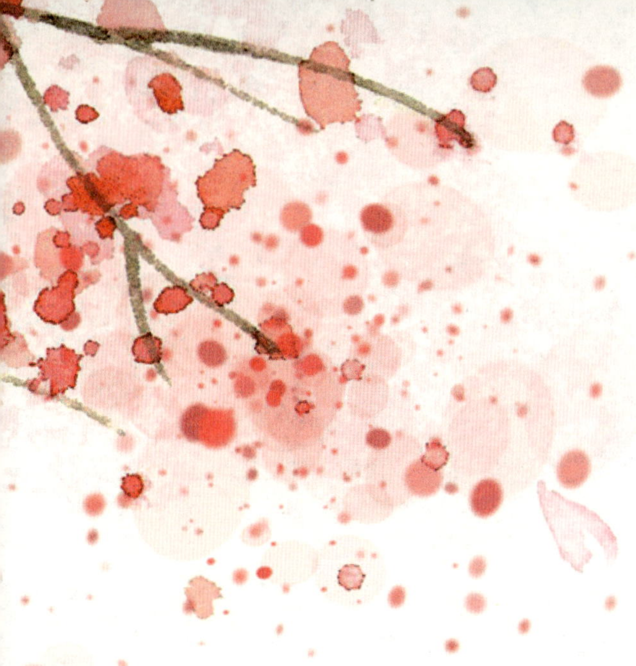

笺注

[1] 雨歇梧桐：出自唐温庭筠《更漏子》词中“梧桐树，三更雨，不道离情正苦”。

[2] 翻：同“反”，相当于“反而”“却”，表示转折。

[3] “摘花”句：意思是当初曾与她有过那些美好的风花雪月的往事。杜甫《佳人》：“摘花不插发，采柏动盈掬。”

[4] 碧桃人已去：唐崔护《题都城南庄》：“人面不知何处去，桃花依旧笑春风。”

[5] 屧（xiè）痕：即鞋痕。屧，木板拖鞋。

[6] 径：小路。

[7] 两眉：代指所思恋之人。

如梦令

纤月黄昏庭院

纤月黄昏庭院，语密翻教醉浅[1]。
知否那人心？旧恨新欢相半。
谁见？谁见？珊枕泪痕红泫[2]。

背景

那时，他痛失爱妻，仕途上也很不顺，于是他的一腔苦闷就全寄托在纸端。这首词就作于此际。

词译

黄昏时分，寂寞的庭院里，一轮纤月当空。

当时她还伴在我身旁，你侬我侬里全是情话绵绵，让我连醉意也渐渐退却不少。

时过境迁，物是人非。

不知佳人现在何处，更不知她的一颗真心情系于谁，只怕是，早已忘却了旧爱，另结了新欢吧。

只是，有谁能见我的忧伤和思念，夜夜难眠，孤寂恨难平。

或许，仅有那泪痕知晓我的心事吧，涟涟之中浸湿我那珊瑚红的枕头。

谁见？谁见？珊枕泪痕红泫。

笺注

[1] “语密”句：意对方的情深意重，让自己的醉意即刻消退。翻，反、却，表示转折语气的副词。

[2] 珊枕：珊瑚，多红色，此指红色枕头。红泫：红泪。

于中好

送梁汾南还，为题小影

握手西风泪不干，年来多在别离间[1]。
遥知独听灯前雨，转忆同看雪后山。
凭寄语，劝加餐。桂花时节约重还。
分明小像沉香缕，一片伤心欲画难[2]。

背景

康熙二十年（1681 年），顾贞观因丧母欲南归无锡。纳兰和他志同道合，自是不舍他离开。本就聚少离多，这次不知又要经历多久的离别，便更加难舍。时值秋雨，于是纳兰赋词一首相赠于他。

词译

萧瑟秋风起，最怕离别，却还逢离别。

本就知己难寻，却还要分离，再恋恋不舍也没办法挽留他的南归，只能在秋风中执手相送。这一年多来，本就聚少离多，而这一次将是长久的分离，一想起就不由得泪流满面。

你这离去，我都可以遥想你在家乡孤寂的样子：独坐灯前听那冷冷秋雨淅沥，身边无一人相伴；亦会忆起你我曾经同在雪后看山的美好时光。

我想要对你说的话千千万万，唯寄语于你多多吃饭，保重好身体。

明年桂花开放时，别忘记咱们的约定，你一定要回来。

你的样子，在沉香缕缕轻烟里清晰可见，但你我幽幽的悲伤是无法用笔触描画出来的。

笺注

[1] “年来”句：梁汾于十七年初曾南回，词人亦多次扈驾到昌平、霸州、巩华、遵化、雄县等地巡幸。

[2] “一片”句：唐高蟾《金陵晚望》诗：“世间无限丹青手，一片伤心画不成。”

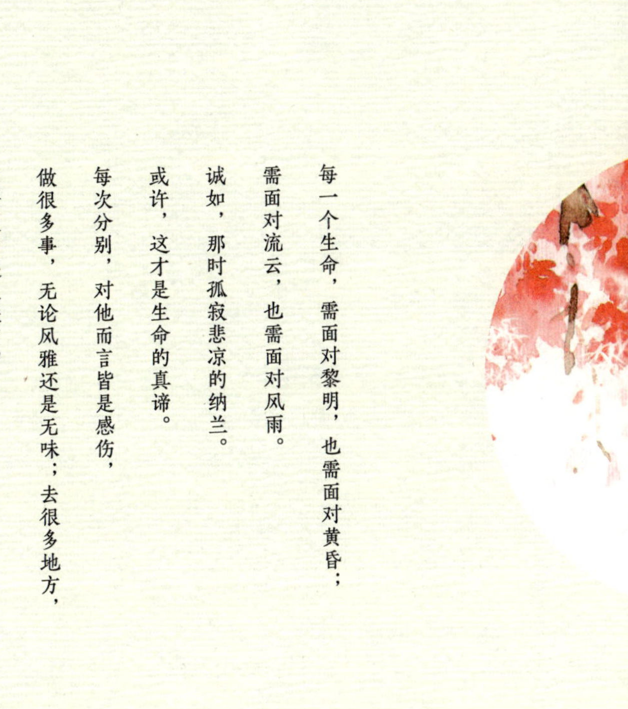

每一个生命，需面对黎明，也需面对黄昏；

需面对流云，也需面对风雨。

诚如，那时孤寂悲凉的纳兰。

或许，这才是生命的真谛。

每次分别，对他而言皆是感伤，

做很多事，无论风雅还是无味；去很多地方，

无论辽阔还是狭窄。

贰 谁念西风独自凉

浣溪沙

谁念西风独自凉

谁念西风独自凉[1]？萧萧黄叶闭疏窗[2]。沉思往事立残阳。

被酒[3]莫惊春睡重，赌书消得泼茶香[4]。当时只道是寻常。

背景

这首词是纳兰为悼念亡妻卢氏所作。

词译

西风凉，寒意袭人的深秋。

你不在我身边，再没有谁会记挂着我的冷暖。我只能紧闭疏窗，孤单地看窗外黄叶萧萧。

黄昏近，我独自伫立在夕阳中，往事幕幕在眼前上演，追忆成刀割，心内似滴血。

忆往昔，你在时，春日好景正长，浅斟小酒入梦乡，体贴似你，怕惊扰了我的好梦，做什么都小心翼翼，话语软糯，让人心暖不已。良辰美景里，我们也会以茶赌书，似极曾经的李清照和赵明诚，赌书的茶香泼得衣襟满身。

曾经，我以为这些就是寻常日月，而今却只能成追忆，和你的这些美意满满的旧时光不可复来。

笺注

[1] “谁念”句：秋天到了，凉意袭人，独自冷落，有谁再念起我呢？“谁”字指亡妻。

[2] 疏窗：刻有花纹的窗户。

[3] 被酒：中酒、酒醉。

[4] “赌书”句：引用李清照和赵明诚的典故。李清照《金石录后序》谓自己常与丈夫赵明诚比赛看谁的记性好，能记住某事载于某书某卷某页某行。经查检原书，胜者可饮茶以示庆贺。有时举杯大笑，不觉让茶水泼湿衣裳。此句以此典，来喻自己往日与亡妻有着的是像李清照和赵明诚他们一样的美满幸福。

浣溪沙

欲寄愁心朔雁边

欲寄愁心朔雁边[1]，西风浊酒惨离颜[2]，黄花时节碧云天[3]。
古戍烽烟迷斥堠[4]，夕阳村落解鞍鞯[5]，不知征战几人还。

背景

康熙二十一年（1682 年）秋，纳兰到梭龙勘察的途中，目睹了战事的残酷，为了表达反战思想作下此词。

词译

边塞，萧索荒凉。

我独自一人，在这边塞，看大雁凄恻飞过，真想把满腔的“愁心”随风寄送。

没有亲人，没有知己，亦没有朋友的西风下，我只好一个人独饮浑浊的黄酒，本想借酒浇愁，却不由得想起当年离家时那次愁苦的宴席。思念，就此蚀骨。

正是黄叶纷飞的时节，这里虽也有碧云飘悠的蓝天，然而，却不能驱散我心中那深不见底的离愁苦。

远处，烽烟飘起，侦察敌情的人发出的作战信号响起来，又将有一场硬仗要打。

黄昏时，驻扎安营在一个村庄，卸去行装，整顿休息。

只是，不知道这次战争结束后还有几人能回家和亲人团聚。

笺注

[1] “欲寄”句：出自李白《闻王昌龄左迁龙标遥有此寄》诗“我寄愁心与明月，随风直到夜郎西”。朔雁：边地之雁。

[2] 惨离颜：谓离别时忧愁凄苦之形貌。

[3] “黄花”句：元王实甫《西厢记》：“碧云天，黄花地，西风紧，北雁南飞。”

[4] 古戍：古时戍守之处。烽烟：古时边防报警的烽火。斥堠（hòu）：侦察的人。

[5] 解鞍鞯（ān jiān）：谓卸去行装以驻扎安营。

浣溪沙

身向云山那畔行

身向云山那畔[1]行。北风吹断马嘶声。深秋远塞若为情[2]。

一抹晚烟荒戍垒[3]，半竿斜日旧关城。古今幽恨几时平。

背景

康熙二十一年（1682年）八月，纳兰受命出使觇梭龙打虎山，十二月还京，这首词大约作于此行中，抒发了出塞的凄惘之情。

词译

大部队一路向北，沿着边疆前行。

边地的北风凛冽，吹断了骏马的嘶鸣，一切都听不真切。在这遥远的边塞，在如此萧瑟凄凉的深秋季节里，我愁绪纷乱的心久久不能平复。

晚烟一抹，袅然升起飘散在废弃的营垒和关隘上。

黄昏近，落日余晖里尽现荒凉和萧瑟。边塞的清苦中满含着幽恨，让人不由得想起那些古往今来金戈铁马的故事，意难平。

这世间的人们，何时才能脱离战事的苦痛？

半竿斜日旧关城。
古今幽恨几时平。

笺注

[1] 那畔：那边。

[2] 若为情：何以为情，是怎样的情怀。

[3] 荒戍垒：荒凉萧瑟的营垒戍，保卫。

浣溪沙

万里阴山万里沙

万里阴山[1]万里沙，谁将绿鬓斗霜华[2]。年来强半[3]在天涯。

魂梦不离金屈戌[4]，画图亲展玉鸦叉[5]。生怜瘦减一分花[6]。

背景

这是一首边塞行吟咏叹的词，表达纳兰在萧索的异地对人生的哀怜，也透露出他对官场的厌倦。

词译

塞上荒凉萧索，没有千里清秋，更没有执手相看，有的只是阴山，那胡马都难度的阴山，以及那连绵千万里的黄沙漫漫。

“大漠孤烟直，长河落日圆”，这凛冽的西风，将人寸寸青丝都吹成缕缕白发了。

时光荏苒，这一年已过大半，人却始终还在天涯，陪伴在你身边的永远是这连绵不断的漫漫黄沙。

魂牵梦绕里，你望见了故园，望见了心爱的人儿，他们如此真切地在眼前，仿佛从未离开过。

可是，一切是空。

你只好打开心爱人儿的画像，对画凝睇，让相思蔓生。

好想就此永远沉溺在她的温柔和笑靥里，直到天荒地老。

而现实残忍，分离的自是分离，唯有在心底一遍遍怜惜心疼她因思念而生的憔悴了。

画图亲展玉鸦叉。
生怜瘦减一分花。

笺注

[1] 阴山：今河套以北、大漠以南诸山的统称。

[2] 绿鬓：乌黑的头发。斗：斗取，即对着。霜华：指秋霜，谓白发。

[3] 强半：大半、过半。

[4] 金屈戍：屈戍，门窗上的环钮。此处代指梦中思念的家园。

[5] 玉鸦叉：玉制鸦形的叉子。此处借指闺里人之容貌。

[6] 生怜：犹甚怜、剧怜。此句谓最可怜者是家中的妻子，因思夫而消瘦。

采桑子

严霜拥絮频惊起

严霜[1]拥絮频惊起，扑面霜空。斜汉[2]朦胧。冷逼毡帷火不红。

香篝[3]翠被浑闲事，回首西风。何处疏钟[4]，一穗[5]灯花似梦中。

背景

康熙二十一年（1682年），纳兰来到塞外，北地的苦寒，加上爱妻逝去，让他触景生情而作此词。

词译

塞上的夜，是寒凉的，偏又赶上霜下。

人冷得裹紧了棉被，却依然没能抵御这寒冷。夜半，几次惊醒来，更觉心冷。寒霜弥漫的夜空下的军营里，再怎么添加柴火，炉火都不旺。

寂冷，成河汇海一般。

好怀念家中那一室的温暖，守着暖炉，怀拥一床鲜丽柔软的被子与爱人相依偎。只是，这不过是一场白日里的美梦罢了，梦醒来，还是要面对这一室的寂冷和孤独。

远处传来稀疏的钟声，床帐内不过一穗的灯火。

这是注定的飘零！

笺注

[1] 严霜：严寒的霜气。

[2] 斜汉：秋天的天河（银河）斜向西南，故称斜汉。

[3] 香篝：熏笼。古代室内焚香所用之器。

[4] 疏钟：稀疏的钟声。

[5] 穗：谷物等结的穗，这里指灯花。

回首西风。何处疏钟，
一穗灯花似梦中。

采桑子

九日

深秋绝塞[1]谁相忆，木叶[2]萧萧。乡路迢迢。六曲屏山和梦遥。

佳时倍惜风光别[3]，不为登高。只觉魂销。南雁归时更寂寥。

背景

康熙二十一年（1682 年），纳兰出使塞外期间，佳节时思亲更甚，倍感孤单寂寥，写下这首词以寄乡情。

词译

在这遥远的异乡，秋意越深，人的孤独会越深。

如今，不知还有谁能记起我。树叶已经开始枯黄，风起时一片凄凉的萧萧声，让心更觉凄恻。

这返乡的路，是如此的山水迢迢。

故园和梦一般，都遥不可及。

明日将是农历的九月初九，这是一年一度的重阳日。

这一日，大家需登高，赏菊饮酒，佩戴茱萸来消灾。只是，这一切在故园会去做，在此僻远的边塞，便只剩下离愁万千了。

耳边传来南雁归来的鸣叫声，更勾起人心中乡愁无数。

我的心中，更觉寂寥！

笺注

[1] 绝塞：遥远偏僻之地。

[2] 木叶：落叶。

[3] 别：与众不同。

临江仙

孤雁

霜冷离鸿[1]惊失伴，有人同病相怜。
拟凭尺素寄愁边，愁多书屡易[2]，双泪落灯前。
莫对月明思往事，也知消减年年。
无端嘹唳[3]一声传，西风吹只影，刚是早秋天。

背景

纳兰随从康熙出行，一路上车马劳顿，倍觉旅途冷清，心中惆怅，恰在旷野看到一只离群的孤雁，生了同病相怜的共鸣，由此创作了此词。

词译

秋霜遍地，更衬得边塞荒凉。

秋风萧瑟里，你一只离群的雁正孤寂地飞，我知道你不幸失去了自己的同伴。你可知道地上有个人与你同病相怜，也孤苦伶仃着。

我想要将这满怀的愁绪写信寄出，却发现愁绪这么多、这么变幻莫测，以至于不能成语，亦不能成句。一遍遍写，一遍遍丢弃，最后只能对着烛光暗自垂泪。

越是思绪纷乱，越容易对月遥想往事。

我知道这只会让人衣带渐宽、形影憔悴，正要劝慰自己不要想太多，忽然云中传来一声孤雁哀鸣，声声凄厉。

在这秋天的深深寒意里，它的孤寂，它的哀鸣，似极了我自己。

笺注

[1] 离鸿：失群的大雁。

[2] 屡易：屡次重写。

[3] 嘹唳：声音响亮而凄清。这里指孤雁的叫声。

临江仙

长记碧纱窗外语

长记碧纱窗外语，秋风吹送归鸦。
片帆从此寄尺涯。一灯新睡觉[1]，思梦月初斜。
便是欲归归未得，不如燕子还家。
春云春水带轻霞。画船[2]人似月，细雨落杨花。

背景

此词作于清康熙二十三年（1684年）九十月间，时年纳兰扈从清圣祖南巡，在词中表达了自己厌恶仕宦、天涯思归的心。

长记碧纱窗外语，
秋风吹送归鸦。

词译

无论身在何处，去往何处，我心底永远记得你我曾在碧纱窗下低语话别的那一幕。

那时，秋风轻起，催促着寒鸦归巢。

而后，我们天涯海角分离，各自漂泊。自此，我拥着孤灯入眠。

每每入梦，对月思故乡。一觉醒来，犹记得你在梦中出现，而此时月亮才刚刚西斜。

我想要回家，却不能归去，还不如燕子这般秋去春归、来去自如呢。

春光是如此美好，春云、春水里染满了炫彩的霞光，华丽游船上的美人儿美得似妩媚的月亮，杨花儿飘散，细雨儿纷纷。

时光，是如此美好，而我却归不去。

春云春水带轻霞。画船人似月，细雨落杨花。

笺注

[1] 新睡觉（jué）：刚刚睡醒。觉，睡醒。

[2] 画船：装饰华丽、绘有彩画之游船。

菩萨蛮

宿滦河[1]

玉绳[2]斜转疑清晓，凄凄月白渔阳[3]道。
星影漾寒沙，微茫织浪花。
金笳鸣故垒[4]，唤起人难睡。
无数紫鸳鸯，共嫌今夜凉。

背景

康熙二十一年（1682 年），纳兰随侍皇帝出巡夜宿滦河时作此词，情景交融、词调寂寥的艺术手法极其高超。

词译

苍穹之中，北斗七星中的玉绳星已经自西转向了北，天似乎快要亮了。

寒天上，一弯月色正凄迷，渔阳道上也现出了一片寒白。夜色微茫，天地苍凉，点点繁星，映照得冷清的沙滩影影绰绰的，渺茫星光里，还掀起一朵朵清漾的浪花。

人的心如这忧郁的海，寂寞无常。

故堡垒处，金笳声声，让人难以入眠。

无数对的紫鸳鸯，相拥相伴着，更衬得今夜月冷天凉。

连相拥而伴的鸳鸯都觉得冷，那独身漂泊的人，就更觉森凉了。

笺注

[1] 滦河：在今河北省东北部，发源于内蒙古，流入渤海。

[2] 玉绳：星名，指北斗七星中玉衡之北二星。

[3] 渔阳：古县名，在今北京密云县西南，因在渔水之北而得名。滦河、渔阳均为词人自北京前往山海关所经之地。

[4] 金笳：古代铜制的管乐器。故垒：古时军营四周所筑的墙壁。

菩萨蛮

新寒中酒敲窗雨

新寒中酒[1]敲窗雨，残香细袅[2]秋情绪。
才道莫伤神，青衫湿一痕[3]。
无聊成独卧，弹指韶光过[4]。
记得别伊时，桃花柳万丝。

背景

这是康熙年间的一首词。百无聊赖的纳兰，忽然想起初恋，感慨下作此词。

词译

乍暖还寒的天，空中飘着细密的小雨，轻轻敲打着窗扉，也敲打着寂寞人的心扉。

我独自斟一杯杯酒，只为驱走心中的寂寞，只是，残香袅袅里，更显得无尽的愁思幽幽，似极这秋天伤感的情绪。

我刚刚还告诫自己不要太伤神地思念远方的人儿，却不知不觉间念她更深，还泪湿了青衫。

被相思所困的我，孤枕难眠，只能一个人烦闷无聊。

我仍记得当初和你分别时的桃红柳绿，只是弹指间，美好的光阴就这么转瞬即逝，不可复返。

笺注

[1] 中酒：醉酒。

[2] 袅：烟雾萦绕。

[3] “青衫”句：谓由于伤心而落泪，致使眼泪沾湿了衣裳。青衫，古代学子或官位卑微者所穿的衣服。

[4] 弹指：本为佛家语，这里指极短的时间。韶光：美好的时光。

新寒中酒敲窗雨，
残香细袅秋情绪。

菩萨蛮

黄云紫塞三千里

黄云紫塞[1]三千里，女墙[2]西畔啼乌起。

落日万山寒，萧萧[3]猎马还。

笳声听不得，入夜空城黑。

秋梦不归家，残灯落碎花[4]。

背景

妻子卢氏病逝，纳兰离家来到边塞，千里之隔，愁绪更深，故而作了此词。

词译

黄河那畔的西北边塞，与京城相隔有莽莽几千里之远。

这城墙一路绵延，永望不到头的样子，让人心生惶惶。遥望四处，能看到无数乌鸦落在城墙西畔处，黄昏里啼音万千。夕阳，终收下最后的一丝光热，落入西山之中。暮色四合，清寒笼罩下的山谷里，有一队猎马飞驰而过，马鸣萧萧响彻耳边。

入夜，更有人吹响恼人的胡笳，笳声凄凄切切，让人不堪倾听。

秋夜本就凄凉，孤城本就死静，这笳声让人怎不生惧意？本就身处异乡，孤寒夹着笳声悲切，不由得让人遁入无尽的悲痛里。

夜这么长，辗转反侧都无法入睡，连归家的梦都做不成，只好对着一盏残灯，泪花儿簌簌落下。

笺注

[1] 黄云：北方边地多沙尘，故其云称黄云。紫塞：长城。

[2] 女墙：城墙上呈凸凹状的短墙。

[3] 萧萧：马嘶声。

[4] 落碎花：灯花掉落。

菩萨蛮

萧萧几叶风兼雨

萧萧几叶风兼雨，离人偏识长更[1]苦。
敧[2]枕数秋天，蟾蜍下早弦[3]。
夜寒惊被薄，泪与灯花落。
无处不伤心，轻尘在玉琴[4]。

背景

纳兰十分推崇南唐后主，受其白描创作风格的影响，而模仿创作了此首词。全篇采取白描手法，渲染出一个离人的长夜苦恨。

词译

萧萧风兼雨，肆意吹打着窗外的树木，落叶一片片飘下。背景离乡的人，更懂秋夜的漫长和凄苦，所以数着长更，更长愁更长。

我斜靠在枕头上，仰望苍穹，细数着月亮渐渐从残变圆，归家还遥遥无期。

秋风秋雨里，寒凉更惊心，夜不能寐里更觉得被子寒凉。独对孤灯，泪与灯芯同落成灰烬。真是没有一处不让人伤心的地方，悲伤从四面汹涌而来。现在只有瑶琴知我意，却还被蒙上了一层薄薄的灰尘，让人无法轻抚。

笺注

[1] 长更：指长夜

[2] 欹（qī）：依，倚。

[3] “蟾蜍”句：谓月亮已过了上弦，渐渐地圆了。蟾蜍，代指月亮。早弦，即上弦。

[4] 玉琴：琴之美称。

采桑子

彤霞久绝飞琼字

彤霞久绝飞琼字[1]，人在谁边。
人在谁边，今夜玉清[2]眠不眠。
香销被冷残灯灭，静数秋天。
静数秋天，又误心期到下弦[3]。

背景

曾经，纳兰恋过一位貌美娴静的宫女，这首词应是为她而作，所以整首词写得情意绵绵，很是美好。

词译

许久没收到佳人的来信了。

不知她身在何处呢，是否今夜也似我这样在思念中难以成眠？

清冷的夜，我独自一人拥着冰凉的被，无心去点亮那已熄灭的灯来温暖自己，而是在这清寂里一遍遍数着和她相逢的日子。

我就这样静待秋天的到来。

然而，月圆月缺，相约的佳期，只是心愿。

秋天一直苦等不来，挨着挨着就到了下弦月的时光。

笺注

[1] 飞琼：指仙女许飞琼。传说她是西王母身边的侍女，后泛指仙女。此处代指所思念的人。字：书信。

[2] 玉清：仙女名。此处指所思念的人。

[3] 心期：心愿。下弦：下弦月。

长相思

山一程

山一程，水一程。身向榆关那畔行[1]，夜深千帐灯。
风一更[2]，雪一更。聒碎乡心梦不成[3]，故园无此声。

背景

康熙二十一年（1682年），随皇帝出山海关祭祖陵的纳兰，看到一路冰雪荒凉，让他心生伤感，故而填下这首《长相思》。

词译

这一路，翻山越岭，跋山涉水，我们不辞辛苦夜以继日地向着山海关前进。

随行的千军万马，可谓浩浩荡荡。可是，置身其间人却觉得如此寂寞。

入夜，驻扎的无数个营帐里依次亮起了灯，灯火辉煌的场面蔚为壮观。

然而天公不作美，风雪交加扰了一夜，惊扰了战士们的思乡梦，亦惊扰了我的思乡心切，让我忆起那远在千里之外的故园。

一夜无眠下，我的心不由得生出恼怨：在故园，什么时候有过这样烦扰人心绪的吵闹声呢？

风一更，雪一更。
聒碎乡心梦不成，故园无此声。

笺注

[1] 榆关：山海关。那畔：那边。

[2] 一更：一阵。

[3] “聒碎”句：吵闹声把思乡的梦搅碎了。聒（guō），吵闹声。

卜算子

塞梦

塞草晚才青，日落箫笳[1]动。
戚戚[2]凄凄入夜分，催度星前梦。
小语绿杨烟，怯踏银河冻[3]。
行尽关山到白狼[4]，相见惟珍重。

背景

晚清时，长期居住塞外的纳兰，十分怀念故乡，更加思念亡妻，故而写下了这首饱含思念的词。

词译

暮色合，黄昏近，塞外的草已经开始慢慢变绿，夕阳也缓缓落下。

是谁多事吹箫笳，声声入耳，凄恻悲凉。

在这荒凉的大漠上，入夜时分最令人煎熬，只得催促爱妻的梦魂快快来到这边塞，好伴我度过这寂寞难熬的夜。

屋外，绿杨早已被寒雾笼罩，河水虽然还结着冰，但春暖将近冰变薄，所以没有人敢踏脚而上。而她，唯恐踏碎了这银河的薄冰，错过和我的团聚，因此历尽了艰辛，行遍了关山才找到能与我相会的白狼河。

只是，千言万语不知如何诉，相见时我们唯道珍重。

行尽关山到白狼，
相见惟珍重。

笺注

[1] 箫笳：管乐器的名称。

[2] 戚戚：悲伤的样子。

[3] 银河冻：指河水已经结冰的状态。

[4] 白狼：即白狼河，今辽宁省的大凌河。

一络索

过尽遥山如画

过尽遥山如画，短衣匹马[1]。

萧萧落木不胜秋，莫回首、斜阳下。

别是柔肠萦挂，待归才罢。

却愁拥髻向灯前[2]，说不尽、离人话。

背景

纳兰出使梭龙时，身处异乡的夜晚，乡愁来袭，更是思念恋人，因此写下了这首别有情趣的离愁别恨的小词。

词译

在异乡，他着短衣，长鞭策马，行过一座又一座如画的山峦。

已是深秋，树木不敌秋霜重，落叶开始在萧瑟秋风里纷纷飘坠。征途中的人儿，千万别回头，那寂寞的夕阳余晖下，遥望故乡太令人伤感，越回头越会徒增悲伤。

我自离家后，与你彼此深深牵挂，若要这牵挂能放下，只能等到归家之时了。

我知道，你独自在家等待我，也会思念凝成锁。

归来，才是唯一的钥匙。

到那时，你与我将灯前相对，倾诉说也说不完的情话绵绵。

萧萧落木不胜秋，
莫回首、斜阳下。

笺注

[1] 短衣：古代北方少数民族尚骑射，故穿窄袖之衣，称为短衣。此处指穿短衣，乘着骏马，奔驰在征途上。

[2] “却愁”句：引用《伶玄自叙》“通德（伶玄妾）占袖，顾示烛影，以手拥髻，凄然泣下，不胜其悲”意。

清平乐

烟轻雨小

烟轻雨小，望里青难了[1]。
一缕断虹垂树杪[2]，又是乱山残照。
凭高目断[3]征途，暮云千里平芜[4]。
日夜河流东下，锦书应托双鱼[5]。

背景

纳兰被任命为三等侍卫后，多次奉驾伴游塞外，以致与爱妻卢氏聚少离多，由而写下这首抒发相思的怨别愁怀词。

词译

天色青青，烟雨蒙蒙，此时我在塞上，而你在故乡。

遥望远处，我能看到的只是一望无际的青青一色，而寻你不见。一缕断虹，冷清清地挂在树梢，山峦错综交叠，又是一个寂寞残阳的黄昏。

登高望远，我以为可以望断远行的路途，谁知千里暮云早已将此隔断，只剩那望不到尽头的平原草地。

谁能将我这无尽的思念带到你的面前？

世间万物，无一人可以应答我。

河流日夜不息，湍湍东流，好想把书信托付给这水里的信使，让它把我的思念随着这向东流逝的水，带到你的身边。

笺注

[1]“望里”句：一眼望去，茫茫青色一片，没有尽头的样子。难了，为不尽。

[2] 杪（miǎo）：树梢。

[3] 凭高：登高。目断：望断。

[4] 平芜：平原的草地。

[5] 锦书：书信。双鱼：信使。

如梦令

木叶纷纷归路

木叶纷纷归路，残月晓风何处[1]。

消息半浮沈[2]，今夜相思几许。

秋雨，秋雨。一半西风吹去[3]。

背景

纳兰出使梭龙时，因忙于国事而跟心爱之人无法团聚，故而心生万千思念愁绪，恰巧在秋季，秋风吹落叶，一片片都在诉说自己无尽的“愁”，于是写下了这一首朦胧婉约的别致小令。

词译

枯黄的叶儿，纷纷随着秋风飘落而下，就如同飘落的一片片相思。

归路漫漫，不知道何时才能踏上回家的路。

秋夜，寂冷，一轮残月当空，晓风吹动，吹不散这点点愁。

你在的地方，也是这冷月寒风吧！

在这山高水远的地方，得不到一点点你的讯息，我知道，今夜的自己又将被相思所困，而无眠一宿。

你，还好吗？我的最爱。

秋风起，秋雨落，我爱你的心思，有一半都被这风雨吹走。

空留，一地的心碎叹息。

秋雨，秋雨。
一半西风吹去。

笺注

[1] 残月晓风何处：出自宋柳永《雨霖铃》词：“今宵酒醒何处，杨柳岸晓风残月。”

[2] 浮沈：即“浮沉”。意消息隔绝。

[3] “秋雨”句：引用清朱彝尊《转应曲》词：“秋雨，秋雨，一半因风吹去。”

蝶恋花

又到绿杨曾折处

又到绿杨曾折处[1]。不语垂鞭，踏遍清秋路。
衰草连天无意绪[2]，雁声远向萧关[3]去。
不恨天涯行役[4]苦。只恨西风，吹梦成今古。
明日客程还几许，沾衣况是新寒雨。

背景

纳兰第一次负皇命率队远征梭龙，行走在漫漫出山海关的路上时，作下这首词，描述自己出关时的愁苦。

词译

出海关，绿柳依依，我又到了昔日折柳赠别友人的地方。

触景伤情，我只好独自骑马徐徐而行。

悲伤铺满秋天里的小路，凉秋凄风，衰草早没了生趣，雁声悲鸣，声声遁入通往萧关的长空之中。

行役天涯路，再苦也无妨，只可恨那西风扫梦，冷冷地吹散了多少穿越古今的美好。

明天还将启程，不知这寂寥孤苦的路途还有几许，更可恨的是这乍寒的新雨浸湿了衣衫，让我更想念故人，更觉凄冷和孤单。

绵绵无期的雨，绵绵无期的恨，绵绵不绝的思念，皆混合在这征程里。

让人，怎不生愁苦！

笺注

[1] 绿杨曾折处：曾经折柳赠别的地方。

[2] 无意绪：百无聊赖。

[3] 萧关：古关名，在今宁夏固原县东南。

[4] 行役：因服役或公务而跋涉在外。词人于康熙二十一年（1682 年）八月出使黑龙江梭龙，此词即作于此时。

于中好

别绪如丝睡不成

别绪如丝睡不成，那堪孤枕梦边城。
因听紫塞[1]三更雨，却忆红楼[2]半夜灯。
书郑重，恨分明，天将愁味酿多情[3]。
起来呵手封题处[4]，偏到鸳鸯两字冰。

背景

康熙二十一年（1682年）秋，纳兰出使边塞，因思念妻子而作此词。

词译

世间最苦，是离情。

自别后，相思成灾绵绵无尽头，像雨一般纷乱萦绕在心头，无数的夜都在辗转反侧的无眠中度过。

今夜更苦，辗转反侧后好不容易入睡，竟然还梦到了故乡，让人不得不心生感伤，再难入眠。于是，我起身侧坐，听那冷冷的雨声。就这样，我在边塞有雨的夜半，忆起在家中小楼上与你一起挑灯夜话的美好时光来。

相思更深，念你亦更深。

于是，我开始认真书写对你的思念，只是锦书沉重。你不在，我漫天的愁绪无法排遣，怪只怪自己太多愁善感，让这情愫酝酿得浓稠化不开。

夜深，冷意更深。

我起身用嘴哈气暖手，好将这锦书封好，怎奈偏偏看到了那惹人心伤的“鸳鸯”二字，心又被深深刺痛，手又冷在了那里。

有谁知，这天水相隔里，相见无期的柔肠寸断！

笺注

[1] 紫塞：边塞。

[2] 红楼：指绘有艳丽彩画的楼阁，此处代指家中的阁楼。

[3] “书郑重”两句：出自唐李商隐《无题》诗：“锦长书郑重，眉细恨分明。”

[4] 呵手：天寒时用嘴呵热气暖手。封题处：特指在书札的封口上签押，后引申为书札的代称。

他不需要富贵，不需要功名，不需要荣宠，
什么都不需要，
他只要一份真挚的爱情，执子之手，白头偕老。
他只要守着心爱的人，
一弯月，一杯茶，一首词，一帘风。
如果可以，他宁愿与心爱的人结庐乡野，
种花种地种宁静；
如果可以，他只愿将一束山花送给温婉的心爱的人，
看她娇俏地笑。

叁

一生一代一双人

画堂春

一生一代一双人

一生一代一双人[1]，争教[2]两处销魂。
相思相望不相亲[3]，天为谁春？
浆向蓝桥[4]易乞，药成碧海难奔[5]。
若容相访饮牛津[6]，相对忘贫。

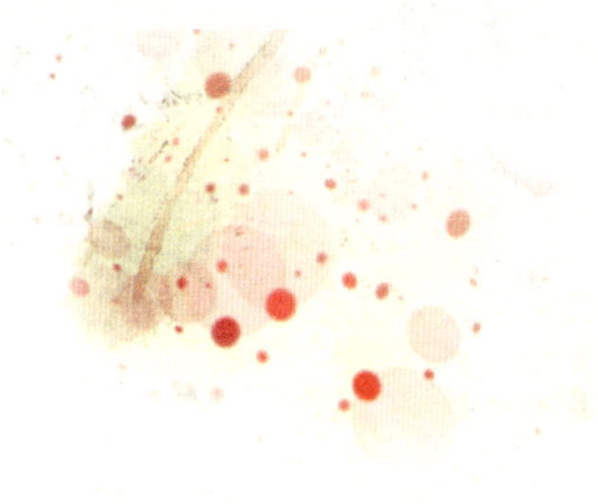

背景

这应是纳兰写给表妹谢氏的一首词。表妹入宫后，他一腔爱恋无处安放，这一段情再无以为继，由此创作了这首苦涩满满的词。

一生一代一双人，
争教两处销魂。

词译

我和你，明明是天造地设的一对，要一生一世永在一起的。可造化弄人，只教你我两地相隔，各自销魂神伤，偏生不能在一起。

就此，你我沉沦在相思之苦里。

整日里，我们隔着相思相望，却不得相亲，使得人憔悴。

满园春色，争艳芬芬里全然都是美好，可上苍究竟是为谁造就的，伤心人皆不知。

蓝桥之遇，于我来说并非难事；难的是，纵有情深万千有了不死灵药，我也不能像嫦娥那般飞入月宫和你相会。我们之间，隔着的不是山水路遥，而是无法逾越的一道网障。

如果某一天我们真能够像牛郎织女那样，可渡过天河团聚，那么即使抛却所有的荣华富贵我都甘心情愿！

只是，这一生一世都将不能够！

笺注

[1] “一生”句：语自骆宾王《代女道士王灵妃赠道士李荣》诗：“相怜相念倍相亲，一生一代一双人。”

[2] 争教：怎教。

[3] “相思”句：语自王勃《寒夜怀友》诗：“故人故情怀故宴，相望相思不相见。”

[4] 蓝桥：在陕西蓝田县东南蓝溪上，传说此处有仙窟，为裴航遇仙女云英处。此处用这一典故，来说自己曾经有过“蓝桥之遇”，且不难得到。

[5] “药成”句：反用嫦娥偷吃不死灵药奔月宫的故事，意纵有深情却难以相见。

[6] 饮牛津：传说中的天河边，借指与恋人幽会处。

于中好

冷露无声夜欲阑

冷露无声夜欲阑[1]，栖鸦不定朔风寒。
生憎画鼓[2]楼头急，不放征人梦里还。
秋淡淡，月弯弯，无人起向月中看。
明朝匹马相思处，如隔千山与万山。

背景

康熙二十一年（1682 年）秋，纳兰随皇帝出征，路途之中，寒夜之时，惆怅、相思齐齐涌上心头而作此词。

词译

寒夜，渐渐过去，拂晓前的寒露悄然而至，无声无息地浸润了整个大地。

又是一夜寂寞，北风凌冽的无边无际的大草原上，连枝头上的乌鸦都无法安宁地栖息。更可憎的是，鼓楼上还响起了更鼓声，真是一声声入心催人愁，让远行的人连梦回家园都不能够。

一秋如水，月似小钩，夜色如此美，只是没有谁能跟我一起欣赏。

天明，又要继续骑马征程。

我还是不能将你忘记，只是我们之间隔着千山万水，连相思都无法飞越。

谁说过花前月下，谁又说过阴晴圆缺，而你我何时才能有缘重聚！

明朝匹马相思处，
如隔千山与万山。

笺注

[1] 阑：将尽。

[2] 生憎：甚憎。画鼓：饰有彩画的鼓。此处所指是更鼓。

虞美人

风灭炉烟残灺冷

风灭炉烟残灺[1]冷，相伴惟孤影。

判教狼藉醉清樽[2]，为问世间醒眼是何人？

难逢易散花间酒，饮罢空搔首。

闲愁总付醉来眠，只恐醒时依旧到樽前。

背景

康熙十七年（1678年），纳兰妻子逝世一周年，妻子如同烙印始终镌刻在他心底深处。与朋友相约喝酒之际，借酒消愁而赋词一阕。

词译

冷风、残烟、烛灰、孤影交织下的孤寂凄凉，让人心更冷得无处可藏。

冷风吹灭冷香炉中的残烟，燃尽的烛灰早不再温热，好想有个人来陪伴自己，然而，寂冷的室内除了自己孤单的影子，再无别他。

情愿让自己喝得酩酊大醉，借酒来浇愁，希望能麻醉自己，不去念，不去想。

只是，这世间，应没有谁是清醒不醉之人了。

为何总是相逢难，离别易，与知己畅饮的盛宴总是会离散。

人去楼空里，只能对着满桌的空杯伤感长叹。这愁痛入骨髓，是如此的难以排遣，唯用美酒和梦乡来让自己逃避吧。

然而，怕只怕，酒醒来，这满腔的愁思会再一次让自己到酒杯的面前。

判教狼藉醉清樽，
为问世间醒眼是何人？

笺注

[1] 残灺（xiè）：烧残的烛灰。

[2] 判：甘愿，不惜。清樽：古代盛酒的器具。此处借指醇酒。

采桑子

白衣裳凭朱阑[1]立

白衣裳凭朱阑[1]立，凉月趖西[2]。
点鬓霜微，岁晏[3]知君归不归？
残更目断传书雁，尺素还稀。
一味相思，准拟[4]相看似旧时。

背景

这是一首思念之作，创作年份不详，所怀之人亦不详。不过，全篇都深蕴在浓浓的“一味相思”的情怀之中，令后世人喜爱。

词译

月夜，她着一袭白色华裳，凭栏而立，朱红色的围栏更衬得她寂寞。

凉风起，秋月已然慢慢向西落去。两鬓斑白处，华发生，这一年又将尽，不知道君还能不能归来？

天色已晚，她还在苦苦等候传信的大雁，短小的手绢是那么单薄，给不了她更多的温暖。这一往情深的相思，希望君可知，也似她这般，虽隔天涯海角，却始终想念着她。

一味相思，准拟相看似旧时。

笺注

[1] 朱阑：红色的栏杆。

[2] 趓（suō）：走，移动。趓西：向西落下。

[3] 岁晏：岁末。

[4] 准拟：料想，希望。

鬓云松令

枕函香

枕函香，花径漏[1]。

依约[2]相逢，絮语黄昏后。

时节薄寒人病酒[3]，铲地梨花[4]，彻夜东风瘦。

掩银屏，垂翠袖。

何处吹箫，脉脉情微逗[5]。

肠断月明红豆蔻[6]，月似当时，人似当时否？

背景

《饮水词笺校》中载，此词应作于康熙十六年（1677年）前，为孤寂的月夜下，念深爱的人之作。

词译

曾经花开四溢的季节，日子都是美好，枕间都留有花儿的余香。

在黄昏斜阳里，他和他深爱的人儿相约，夕阳余晖里留下的都是他们絮语温馨里的情意绵绵。

只是，往事难追忆，一切如梦成空。

昨日里，一夜东风无端地将梨花吹落飘零，买醉的时光如同病魔缠身，依稀可见她还在那里，现实却银屏重掩，她早已不在。

心寂寞、身寂冷，影只形单里，他却还能听到那脉脉传情的箫声。

此时，冷月当空，断肠相思里全都是她的影子，而明月光照里深蕴相思的红豆蔻开得正盛，让人如此地黯然神伤、触景伤情。

那时，月色如今日这般，然而景色依旧人却早分离。

不知，今时的她是否还如旧？

肠断月明红豆蔻，
月似当时，人似当时否？

笺注

[1] “枕函”二句：花径泄漏春光，致使枕头上留有余香。

[2] 依约：隐约、仿佛。

[3] 病酒：饮酒过量，沉醉如病。

[4] 铲（chǎn）地：无端，平白无故地。

[5] 逗：引发、触动。此指逗引出感情来。

[6] 豆蔻：多年生常绿草本植物。此喻指所恋之人。

眼儿媚

重见星娥碧海查

重见星娥碧海查[1]，忍笑却盘鸦[2]。
寻常多少，月明风细，今夜偏佳。
休笼[3]彩笔闲书字，街鼓已三挝[4]。
烟丝欲袅，露光微泫[5]，春在桃花。

背景

多情忧郁的纳兰，因身为帝王的近身侍卫，而无法与心爱的人朝朝暮暮。小别胜新婚，与爱人相聚时，他便喜悦若雀，因而创作了这首欢快的小令。

词译

久别，即要重逢，人如同乘碧海木筏去天河幽会的织女般喜悦起来。

日思夜想里，终于再次见到你美丽的容颜。

朝思暮想的人儿，见到我你强忍笑意将乌发挽髻盘起，是如此的妩媚动人。

犹记起，我们曾拥有过的良辰美景，可哪一次的风和月明都不如今夜的，令人如此沉醉甜蜜。

炉香轻飘，外面街巷，三更鼓声响。

夜已深，不再拈笔作字，只对着你那如桃花般动人的容颜，喜不自持。

秋波盈盈里，你是如此的美，似那人间四月的桃花儿开。

烟丝欲袅，露光微泫，春在桃花。

笺注

[1] 星娥：神话传说中的织女。碧海查：犹碧海槎。查，同“槎”，木筏。

[2] 盘鸦：妇女发髻的名称。却：再。

[3] 笼：通“拢”，握、拈之意。

[4] 街鼓：更鼓。挝（zhuā）：敲打。

[5] 微泫：本指水微微下滴流动之貌。此处是形容爱妻的脸光彩照人。

减字木兰花

新月

晚妆欲罢，更把纤眉临镜画。
准待[1]分明，和雨和烟两不胜[2]。
莫教星替[3]，守取[4]团圆终必遂。
此夜红楼[5]，天上人间一样愁。

背景

此词是纳兰为亡妻卢氏所作。那时，虽妻已逝，但他对她的爱仍在心间。为此，虽天人永诀，仍愿与妻相聚。

晚妆欲罢，更把纤眉临镜画。

词译

晓月初升，而我忆起了你曾经的貌美如花。

那时，你晓妆梳罢，又手执画笔对镜细细勾勒起纤纤柳眉。眉儿弯弯，恰似那窗外的一弯新月。

今夜，晓月如钩，教我如何不忆起你。

回首天边，烟雨朦胧，令人辨不清的是那躲在烟雨后的一弯新月，就如同再辨不清的你。

这样的夜，不需要星星，有你我的永恒誓言足够。

深信，终有一天我们可以守得云开，终可相会。

今夜，在这静谧里，在这冷清的小楼里，因为相思我和你拥有一样的深海般无尽的忧愁。

此夜红楼，天上人间一样愁。

笺注

[1] 准待：打算等待。

[2] “和雨”句：宋杜安世《行香子》词：“寒食下，半和雨，半和烟。”

[3] 莫教星替：李商隐《李夫人三首》诗：“惭愧白茅人，月没教星替。”

[4] 守取：等待。

[5] 红楼：华美的楼阁。

减字木兰花

花丛冷眼

花丛冷眼，自惜寻春来较晚。
知道今生，知道今生那见卿。
天然绝代，不信相思浑不解[1]。
若解相思，定与韩凭[2]共一枝。

背景

一说，此为纳兰写给初恋入宫的表妹的词；一说，是纳兰表达对逝去爱情的绵绵情意的词。

词译

因为爱你，我已丧失掉爱上别人的能力。

冷眼看花，只感叹寻你太晚。若知道，今生难再相遇，只空剩一地的繁华等待，我真愿你我都没有今生，只有有缘在一起的来生。

天生丽质是你，风华绝代亦是你，我想冰清玉洁的你定可以了然我这相思的苦。

这世间，若是能有解这相思的方法，我定会像韩凭一般，化作相思树与你共一枝。

从此，生死不渝，相伴而终。

若解相思，定与韩凭共一枝。

笺注

[1] 浑不解：犹言全不解。

[2] 韩凭：又作韩朋、韩冯等。李冗《独异志》："宋康王以韩朋妻美而夺之，使朋筑青陵台，然后杀之。其妻请临丧，遂投身而死。"后以此故事喻男女相爱，生死不渝的情事。

减字木兰花

断魂无据

断魂无据[1]，万水千山何处去？
没个音书，尽日东风上绿除[2]。
故园春好，寄语落花须自扫。
莫更伤春，同是恹恹[3]多病人。

背景

这首缱绻清远的词，是纳兰思念妻子而作。

词译

思念灼伤，人憔悴，梦魂即便飞渡了千山万水，却也无法将人从悲伤里救赎。

春日暖阳，东风徐徐将满阶的青草都吹绿。

没有你的消息，思念依旧无凭依，愁情便若落花满地，人是这样的萎靡。

满园春色，如此绚烂美好，可你不在身边，只能将自己这一腔的相思寄给这落花！

相见再聚，是如此的渺茫，我只能一个人将悲伤收起。

我希望，你可以永远快乐，勿以我为念。

——莫为这春逝而神伤，辜负了这好时光，平添了我对你的深深挂念。

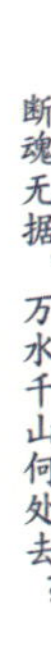

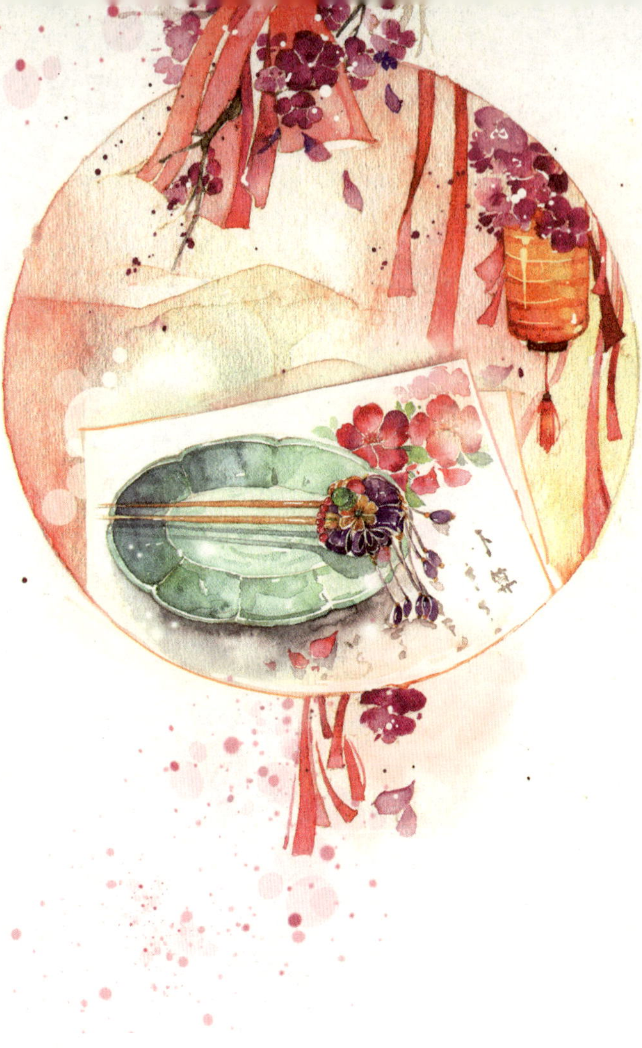

断魂无据，万水千山何处去？

笺注

[1] 断魂：忧伤的梦魂。无据：无所依凭。

[2] 绿除：长满绿草的台阶。

[3] 恹恹：形容精神萎靡的样子。王实甫《西厢记》：“恹恹瘦损，早是伤神，那值残春。”

采桑子

冷香萦遍红桥梦

冷香萦遍红桥梦[1]，梦觉城笳。
月上桃花，雨歇春寒燕子家。
箜篌[2]别后谁能鼓，肠断天涯。
暗损韶华[3]，一缕茶烟透碧纱。

背景

此词，是爱人离去后，纳兰在雨夜萧瑟难以成眠时有感而作。

词译

冷冷的清香，浸染了红桥上多情人的旧梦。

风雨停歇，散落一地的桃花浸染着如水的月色，城楼上隐约传来阵阵的笳声，帘栊间有燕子在静静地栖息。

自别后，箜篌空悬无人再弹奏。

到底，谁人能再弹奏它？一直寻，却一直寻不到，人不禁黯然神伤。

青春易逝，太匆匆，就如同那一缕缕苦涩的茶香钻过碧纱。

是这样的稍纵即逝。

月上桃花，雨歇春寒燕子家。

笺注

[1] 冷香：清香之花气。红桥：此指一般的赤栏桥。

[2] 箜篌：古代一种类似琵琶的弹拨乐器。

[3] 韶华：美好的年华。

采桑子

而今才道当时错

而今才道[1]当时错，心绪凄迷。
红泪[2]偷垂，满眼春风百事非[3]。
情知此后来无计[4]，强说欢期[5]。
一别如斯，落尽梨花月又西。

背景

纳兰偶识江南才女沈宛，两心相悦下，却因沈宛风尘女子的身份而不能结成眷属。煎熬已久后，沈宛提出分手，纳兰虽极力挽留却还是失去了她。由此，而作此伤情诗来表达心绪。

词译

时间，是痛苦最冷酷的丈量。

到如今，我才深深知道当时的我对你犯下的错。

悔，难平；恨，难消，满心的凄凉迷乱。

想你在异处，也会泪珠儿偷落，这满眼可见的春色，再美好也已万事皆非。你，不在我身边，一切物是人非。

遥忆分别当时，你我还强说后会无期，然你我都深知这一次别后将再无期可见。

离别之恨，就是如此。

一别后就如梨花落尽、明月西斜，再无挽救的可能。皆是破碎！

而今才道当时错，心绪凄迷。

笺注

[1] 才道：才知道。宋晏几道《醉落魄》词：“心心口口长恨昨，分飞容易当时错。”

[2] 红泪：血泪，美人泪。

[3] “满眼”句：宋赵彦端《减字木兰花》词：“满眼春风，不觉黄梅细雨中。”

[4] 无计：无法。

[5] 欢期：佳期，多指男女情事。

采桑子

明月多情应笑我

明月多情应笑我，笑我如今。
辜负春心[1]，独自闲行独自吟。
近来怕说当时事，结遍兰襟[2]。
月浅灯深[3]，梦里云归何处寻？

背景

纳兰与沈宛分离后，日日思念暗涌，最难抵御思念的煎熬时，写下了这首词。

词译

多情的明月啊，今日绚烂照耀着孤寂的我，应在嘲笑我曾做负心人的无情。

日日，本应与佳人花前月下，而今徒落得一身孤独。

你不在身边，良辰美景空度，连这大好春色都给辜负。所以，近来不敢提起当初的种种，怕一提及人就会崩溃，那时的我们是如此情投意合，如此情深意切。

可越怕提及，越是会忆起往昔。

那时，你人如画，柔情似水。

只是，如今你早已远去，如梦里的云朵悠悠，无踪迹可寻。如是，更衬得今夜月色晦暗，人寂寞。

明月多情应笑我，笑我如今。

笺注

[1] 春心：指春日景色引发出的意兴和情怀。

[2] 兰襟：香洁的衣襟，指美女之衣衫。一说喻指良友。结遍兰襟，谓情分深切。

[3] 月浅灯深：晏几道《清平乐》词：“犹记那回庭院，依前月浅灯深。”

生查子

散帙坐凝尘

散帙坐凝尘[1]，吹气幽兰并。
茶名龙凤团，香字鸳鸯饼[2]。
玉局类弹棋，颠倒双栖影[3]。
花月不曾闲，莫放相思醒[4]。

背景

由词的富贵之家的描述，可猜测这是纳兰早期之作。纳兰素来多情，这一首词写的是相思。

散帙坐凝尘，吹气幽兰并。

词译

因为寂寞的缘故，书卷被翻乱，人却无心阅读，长久里散开着的书卷上慢慢积聚了许多尘埃。

整日里，人都陷在左右丫鬟的“温香软玉”里，却更觉无聊。因为，没有你的吐气如兰，再多的软哝细语在侧，都无法救赎自己一颗寂寞的心。

面前的茶，是龙凤团茶，是为茶中的极品；面前的香，是鸳鸯香饼，如此芬芬馥郁；弹棋盘前，对弈成双；阡陌间水影里，也倒映着鸟儿双宿双飞的幸福身影。如此种种，真是无处不是风花雪月，无处不见成双成对。可是，我是如此形单影只，是如此孤独寂寞。

如是，只想，每日沉沦在花前月下，让自己在夜夜笙歌里醉眠，不再牵动自己那敏感的一触即发的相思。

笺注

[1] 散帙：指打开的书卷。坐：无故，自然而然。凝尘：尘土聚积。

[2] “茶名”二句：龙凤团，茶名，即龙团凤饼，为宋代著名的贡茶，饼状，上有龙纹，故名。鸳鸯饼，形似鸳鸯的焚香饼。一饼之火，可熏燃一日。

[3] “玉局”二句：玉局，棋盘之美称。弹棋，古代一种博戏，后至魏改为十六棋，唐为二十四棋。

[4] “莫放”句：莫引起相思之情。

添字采桑子

闲愁似与斜阳约

闲愁似与斜阳约，红点苍苔，蛱蝶飞回。

又是梧桐新绿影 [1]，上阶来。

天涯望处音尘断 [2]，花谢花开，懊恼离怀。

空压钿筐 [3] 金缕绣，合欢鞋 [4]。

背景

这是一首咏怀词，所怀之人或是纳兰的恋人，或是纳兰的友人。

词译

这幽幽的愁情，仿佛是和这夕阳约好了一般，随着愁绪满怀，这惹人神伤的夕阳应和似的开始西落。

庭院里，有蝴蝶儿纷飞，飞落在苍苔之上，苔痕深深里那点点红色是如此的刺人眼。

又是梧桐绿荫遮盖时，那一丛丛的林荫再次映照满了台阶。是如此美好的时节，而你却不在身边，相思就如同这苔痕道道，成了无法愈合的伤。

望断这天涯，依然没有你的任何音信。

花开花又谢，一年又一年，怎不让人懊恼满怀。

轻轻开启那个空置已久的螺钿筐，那里深藏着你的一双金缕绣织的鞋。只是你早已不在。

我的忧伤，便如这花落，碎了满地。

天涯望处音尘断，
花谢花开，懊恼离怀。

笺注

[1] “又是”句：欧阳修《摸鱼儿》：“卷绣帘、梧桐秋院落，一霎雨添新绿。”

[2] “天涯”句：李白《忆秦娥》：“咸阳古道音尘绝。”

[3] 空压：闲置。钿筐：有金银贝壳等镶嵌物的筐。

[4] 合欢鞋：绣有鸳鸯或鸾鸟的鞋子。

秋千索

药阑携手销魂侣

药阑携手销魂[1]侣，争不记看承[2]人处。
除向东风诉此情，奈竟日春无语。
悠扬[3]扑尽风前絮，又百五韶光[4]难住。
满地梨花似去年，却多了廉纤雨[5]。

背景

这是一首关于怀念的爱情词，应是纳兰为某一位红颜而写。

词译

犹记得，当年你我一起携手散步在芍药花畔前，那时你侬我侬，好生缠绵，令人愉悦心芬芳。

这令人难以忘怀的一幕幕，虽在时光里流逝却不曾模糊。

空茫世间，知己难觅，唯有向春风诉说，这无尽的情意。

怎奈春意无语，空留一个伤心的自己。

悠扬的春风轻吹，扬起漫天的飞絮，我知道这清明前后最美好的时光再留不住，就如情难追，春亦难驻。

往事，如孤寂的空城，唯有满地的梨花散落，让人忆起去年的旧时光。

只是，只是，今年多了这雨纷纷，丝丝缕缕中溅湿了装满落寞忧伤的心。

满地梨花似去年，
却多了廉纤雨。

笺注

[1] 药阑：芍药花的围栏，也泛指一般花栏。销魂：极度的悲愁或欢乐。

[2] 争：怎。看承：特别看待。

[3] 悠扬：飘扬。

[4] 百五韶光：清明前后的美好春光。百五，寒食节，即清明前二日，因从冬至到寒食日共一百零五，故称。

[5] 廉纤雨：毛毛细雨。

浪淘沙

紫玉拨寒灰

紫玉拨寒灰，心字全非[1]。

疏帘犹是隔年垂，半卷夕阳红雨[2]入，燕子来时。

回首碧云西，多少心期[3]。

短长亭外短长堤。百尺游丝[4]千里梦，无限凄迷。

背景

这是纳兰写给妻子卢氏的动情之词，她虽已离开，却永存纳兰的心底。

词译

心字香，燃尽。

她拔下紫玉钗，轻轻地拨弄着这燃烧后的灰烬，直拨弄到面目全非，一如她和他今生的情缘，无面目再可辨。

窗棂上，那袭竹帘许久都未曾卷起，恍如过了多年时光。

半帘下，一抹夕阳袭入，落红如雨，又到了燕儿归来的时节。落花飞舞、燕儿呢喃里，却原来已是暮春时节。

抬头望碧天西边的云彩，望眼欲穿里却始终望不到归人的归期。

长亭外，短长堤，细柳飘摇里全都是愁绪，这是念归人而织就的归梦，长而绵延里，有凄迷无尽。

短长亭外短长堤。

百尺游丝千里梦，无限凄迷。

笺注

[1] “紫玉”二句：紫玉，指紫玉钗。心字，即心字香。见《梦江南·昏鸦尽》。

[2] 红雨：比喻落花。

[3] 心期：心愿、心意。见《浣溪沙·五字诗中目乍成》。

[4] 游丝：飘着的蛛丝。

河传

春浅

春浅，红怨，掩双环[1]。
微雨花间昼闲，无言暗将红泪弹。阑珊[2]，香销轻梦还。
斜倚画屏思往事，皆不是[3]，空作相思字。
记当时，垂柳丝，花枝，满庭蝴蝶儿。

背景

纳兰借闺中女子一段难以诉说的柔情，来表达自己的情感无处寄托，写得极其缠绵婉约。

词译

暮春时节，春色已浅，落红凋零一地，满地凌乱里似充满了怨愤的情绪，让人不忍目睹。

于是，紧紧把门关闭，独自沉吟开来。

以为，关了门就可以关掉一地的哀伤，却谁知，烟雨蒙蒙里独立花间，那满腔的悲伤如细雨入心，让自己弹泪无言。

意兴阑珊时，做了一个很浅的梦，却还未梦到良人就被惊醒。梦消逝，眼前是一片的凄凉，而他还未在身边。

这凄苦哀怨，到底该向谁人诉。

悲伤难自禁，她只好斜倚着画屏，让过往一幕幕在心底上演，只是哪一幕都无法给她以安慰。

伤感亦多，凄清亦满，相思更漫了心头。

还记得，那时春光旖旎，柳丝、花枝、蝴蝶……还有一个情深义重的你。

而今，往事皆非，只能在回忆里空作相思意。

笺注

[1] 双环：门环。掩双环：关起门来。

[2] 阑珊：衰落的样子。

[3] 皆不是：都不称心如意。

鹤桥仙

梦来双倚

梦来双倚，醒时独拥，窗外一眉新月。
寻思常自悔分明[1]，无奈却、照人清切[2]。
一宵灯下，连朝镜里，瘦尽十年花骨[3]。
前期[4]总约上元时，怕难认、飘零人物[5]。

背景

这是纳兰写的一首悼亡词，或为追忆爱妻卢氏，或为追忆一份旧情。

词译

梦中，又与你依偎相拥，醒来却发觉我仍是一人独自拥衾而卧。

此时，窗外一弯新月如钩，冷清在那里。没有你在身边，有月的夜也没有花前月下了。

细思量，往事都随风，包括浓情蜜意。

怎奈记忆如此深刻，月光清澈下，回忆是如此地无处可藏。

夜夜灯下独守，日日对镜独看，数十载的孤寂时光，让容颜早已被幽怨侵袭，人便变得憔悴而消瘦。

从前的我们，常常约在上元节相见。

如今，若是再相聚，我想怕是你将无法再认出我这个沉浸在回忆里憔悴飘零失意的人了。

笺注

[1] 悔分明：后悔将往事记得太清楚。

[2] 清切：清晰真切。

[3] 花骨：形容女子骨弱如花，此指憔悴。

[4] 前期：指以前的约定。

[5] 飘零人物：作者自称，谓失意之人。

红窗月

燕归花谢

燕归花谢，早因循[1]、又过清明。

是一般风景，两样心情。犹记碧桃影里、誓三生[2]。

乌丝阑纸娇红篆[3]，历历[4]春星。

道休孤[5]密约，鉴取[6]深盟。语罢一丝香露、湿银屏[7]。

背景

这是一首悼念亡妻或者与表妹那段有缘无分的感情的悼亡词，全词都在讲离情，写于何时尚待考究。

词译

原以为那些搁浅已久的往事早已忘却，谁知，一想起它就像在昨日发生一般。

窗外，是一地的落花，燕子已然归来，我知道现在已是暮春时节，清明已过。风景依旧，可我的心里就此住进两种愁情，那是因为思念你的缘故。

你，不在我身边的日日夜夜，我是如此煎熬。

我原不知，咱们俩这一别，就此错过了这一生。仍还清晰地记得，那次你我在回廊里，互发誓言要相爱三生三世，永不分离。我们还将誓言写就在红色的丝绢上，如今想来，还如星辰一般历历在目。

你我的海誓山盟，这丝绢可为证，从此后，成为你我不要相互辜负的密约。然而，在物是人非的残忍现实里，誓言也会成空。

而今，一念及这些，我的泪水就止不住地流，打湿衣襟，也打湿了银屏。

此刻，室外一片漆黑。

夜，已深浓。

而我，无眠！

笺注

[1] 因循：迟延。

[2] 三生：佛家语，指人的前生、今生和来生。

[3] 乌丝阑纸：有黑色线格的纸。篆：印章。

[4] 历历：清晰的样子。

[5] 孤：辜负。

[6] 鉴取：察知了解。取，助词，表示动作之进行。

[7] 银屏：镶有银饰的屏风。

荷叶杯

帘卷落花如雪

帘卷落花如雪，烟月。谁在小红亭？

玉钗敲竹乍闻声，风影[1]略分明。

化作彩云[2]飞去，何处？不隔枕函[3]边。

一声将息[4]晓寒天，断肠又今年。

背景

爱妻卢氏去世的第二年，纳兰写此词，故而字句间流露着无尽的凄凉、悲惋和伤感。

词译

轻轻，将窗帘卷起时，我看见落花若雪花一般飘坠满地。若往昔，我会觉得这场景是如此浪漫缠绵，而今，你不在，我便觉如此凄凉悲伤。

月色朦胧里，是谁独自伫立在小红亭里?

依稀仿佛，你似在那里，翩翩而立，巧笑嫣然。有玉钗敲击竹子的清脆声，划过耳际，你的身影在风中若隐若现，时而分明，时而模糊。

我知道你在那里，就好。

虽然，我知道你早已化作云彩飞逝，忽而不见，忽而又入梦。

尽管，我亦知道，你从此不会再在我的枕边，与我呢喃蜜意情浓。

但是，只要你在我心里，在我梦里，就足够。

我深知，我们早已天人永隔。

可是，可是，在这清寒的晨晓拂曦时，能跟你在梦中道一声珍重，亦是好。从此，断肠人又可在哀伤中再独过一年。

笺注

[1] 风影：随风晃动之物影，这里指那人的身影。

[2] 彩云：心爱女子的代称。

[3] 枕函：枕头。

[4] 将息：珍重、保重。

化作彩云飞去，何处？不隔枕函边。

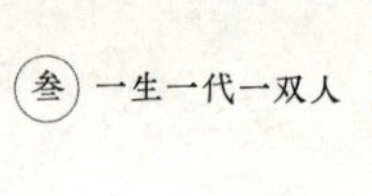

他骨子里流淌着感伤的血，

这一遭的人世，给了他那么多悲伤、落寞。

就此，他成人间惆怅客，

在风中或在月下伫立，思绪随便一流转，

愁绪便从心中汩汩而出。

一转身，留下满地悲凉。

肆 我是人间惆怅客

浣溪沙

残雪凝辉冷画屏

残雪凝辉冷画屏[1]。落梅[2]横笛已三更。

更无人处月胧明[3]。

我是人间惆怅客，知君何事泪纵横。

断肠声[4]里忆平生。

背景

残雪未消的夜，纳兰感慨自己生活的孤独凄苦，尝尽人间离愁别恨，而写下这阕词。

词译

庭院深深，残雪未消。

月光皎洁里，一室冰凉，就连温暖的画屏也跟着寂冷起来。凄清的夜空中，是谁多事用横笛演奏起那曲凄美的《梅花落》来，声声幽怨里让人在三更天里更添悲伤。

月色朦胧，这无人的夜更是让人的寂寞无处可藏。

我，是这世间哀伤愁怨的过客，身世凄楚，还无人伴。唯独自一人，在这深深的夜里泪流满面。

痛彻心扉的断肠声里，忆起的全都是这平生经历过的种种。

悲戚的、无助的、幽怨的……总没有一件能如心意。

我是人间惆怅客，
知君何事泪纵横。

笺注

[1] 画屏：绘有彩画的屏风。

[2] 落梅：古代羌族乐曲名，又名《梅花落》，以横笛吹奏。

[3] 月胧明：月色朦胧。

[4] 断肠声：白居易《长恨歌》中“夜雨闻铃肠断声”。

梦江南

昏鸦尽

昏鸦[1]尽，小立恨因谁？

急雪乍翻香阁絮[2]，轻风吹到胆瓶[3]梅，心字[4]已成灰。

背景

纳兰，一直深深爱着表妹，表妹入宫后，他的世界充满了无尽的痛苦，最不能自禁时，他会写下悲伤的词来表达，这首亦是。

词译

又是黄昏，暮色里有昏鸦掠过无数。

我独自临风立，心内满盈着的是怨恨、是痴狂。要知道，你的名字成了我的劫数难逃。不能提及，更不能念及，一提及心就会碎满地，一念及心就会悲痛欲绝。

思念你深，忍不住踱步到你的闺房，卷起竹帘，抬头望，却只见柳絮如雪散落满你香闺。晚风起，轻轻吹，吹拂着花瓶中的梅花枝，莫名让深深的冷意四处散发开来。

此刻，心字香，已燃尽。

而我的心，早已冰冷成灰！

笺注

[1] 昏鸦：黄昏时分，昏暗不明的乌鸦群。

[2] “急雪”句：柳絮好像飘飞的急雪，散落到香阁里。香阁，青年女子所居之内室。

[3] 胆瓶：长颈大腹，形如悬胆之花瓶。

[4] 心字：即心字香。

浣溪沙

肠断班骓去未还

肠断班骓[1]去未还，绣屏深锁凤箫[2]寒。

一春幽梦有无间。

逗雨疏花[3]浓淡改，关心[4]芳草浅深难。

不成风月转摧残[5]。

背景

这首词，纳兰用闺中女子的口吻来抒写自己的离愁别恨。

词译

还记得，他骑马离开时的伤情时刻，如烙印镌刻于心。

从那时，他一直未归，只留下我一人在庭院深深里空守断肠。从此，那重重的绣屏，将愁思深锁，连之前常把玩的凤箫都被冷落闲置。

现如今，只剩一春幽梦聊慰寂寞，可是，醒来亦是空。

如丝似缎的春雨啊，密集地洒落在稀疏的花朵上，让花的娇艳变淡，让牵惹人情思的青青芳草，再难辨深浅。

难道，这世间的情分都如这春的易逝，于光影里凋残，直至不复可见！

肠断班骓去未还，
绣屏深锁凤箫寒。

笺注

[1] 班骓：指杂色斑纹的马。

[2] 凤箫：排箫。

[3] 逗雨疏花：春雨洒在稀疏的花上。

[4] 关心：牵惹人的情思。

[5] 不成：难道。风月：春日的风光，此处喻为男女间情爱之事。转：渐渐。

浣溪沙

十二红帘窣地深

十二红帘窣地深[1]，才移划袜[2]又沉吟。

晚晴天气惜轻阴[3]。

珠衱佩囊三合字[4]，宝钗拢髻两分心[5]。

定缘何事湿兰襟[6]。

背景

纳兰借写闺怨，表达自己的离情。

词译

织绣着太平鸟的红色帘幕，低垂在地上，如同她的心事重重。

她，欲莲步轻移，却又迟疑起来，一双未穿鞋子的双脚停滞在那里，让她更觉柔弱无助。

已是傍晚时分，层层树影在夕阳余晖下由浓转疏。

孤寂的人，最怕近黄昏，而黄昏却偏至。

本来，她和你身上，都佩戴着暗合爱情的香囊，她的发间还佩戴着践诺誓言的定情宝钗。你和她之间，有的是这前世注定的姻缘，可是，为何还免不了这分离？

要知道，分离最苦，最易让泪湿满襟！

笺注

[1] 十二红：太平鸟的别称。窣（sū）：下垂。

[2] 刬(chǎn)袜：只穿袜子而不穿鞋。五代李煜《菩萨蛮》词：“袜刬步香阶，手提金缕鞋。”

[3] 轻阴：疏淡的树荫。

[4] 珠衱（jié）：饰有珠玉的腰带。三合字：在两个香囊上各绣三个半边字，合在一起即成三个字。男女双方各戴一个香囊以示爱情。

[5] 两分心：女子的发型，从中间分开。

[6] 定缘：前世注定的姻缘。何事：为什么。兰襟：衣襟。

十二红帘窣地深，

才移刬袜又沉吟。

菩萨蛮

为春憔悴留春住

为春憔悴留春住，那禁半霎催归雨[1]。
深巷卖樱桃，雨余[2]红更娇。
黄昏清泪阁[3]，忍便[4]花飘泊。
消得[5]一声莺，东风三月情。

背景

在春天，纳兰写下了怀念爱人的词作。

词译

这满园春色，将逝。

我这一颗欲留春驻的心，便因这春逝而变得憔悴不堪了。

本就留春不住，怎奈那催春归去的雨还下得如此酣畅淋漓，让人更是神伤不已。

深巷之中，有小贩挑着扁担在卖樱桃，雨后的樱桃变得更加娇艳欲滴。能在这雨丝淅淅沥沥的神伤里，逢着这娇艳欲滴的红红樱桃，悲戚的心，总算被安慰了那么一丝丝。

只是，黄昏近，一行清泪忍不住流下。

风雨凋零里，落花飘飘，让人是如此地不忍看。

忽一声黄莺的啼鸣声划过天际，一颗惜春的心又油然而生了。

笺注

[1] 催归雨：催春归去的雨。

[2] 雨余：雨后。

[3] 阁：含着。

[4] 忍：岂忍。便：就使，便教。

[5] 消得：经受得。

雨中花

楼上疏烟楼下路

楼上疏烟楼下路，正招余、绿杨深处。
奈卷地西风，惊回残梦，几点打窗雨。
夜深雁掠东檐去，赤憎[1]是、断魂砧杵。
算酌酒忘忧，梦阑酒醒，梦思知何许[2]。

背景

这首词，全篇不直说愁，而是用意象烘托秋夜愁思。

词译

楼上，满是冷落的烟火；楼下，是寂寞的小路；而楼外，则是烟雨朦胧。迷离的杨柳深处，依稀间有一个淡淡的身影正挥手召唤着我。

又忆往昔，夜不能眠。

好不容易入睡，西方夜雨却还是把浅梦中的我给惊醒。此刻，窗外稀疏的雨点，正滴滴答答地敲击着窗棂。一声声，一声声，也敲击在我孤寂的心上。

午夜梦回，只有受惊的鸿雁在雨中凄飞，更可恨的还有寒砧上的捣衣声幽怨地传入我的双耳，触痛到我这离人的心扉。

我欲借酒消愁，怎奈梦尽酒醒，思念仍深得让人无以喘息。

笺注

[1] 赤憎：可恨、可厌之意。

[2] 何许：怎样、如何。

昭君怨

暮雨丝丝吹湿

暮雨丝丝吹湿，倦柳愁荷风急。
瘦骨不禁[1]秋，总成愁。
别有心情怎说，未是诉愁时节。
谯鼓[2]已三更，梦须[3]成。

背景

暮雨丝丝，最引人相思，多情的纳兰更如此。所以，在对入宫表妹无尽的相思里，纳兰创作了这首词。

词译

黄昏雨来，更惹人生相思。

他独自站立在细密的雨丝里，雨打湿了全身却浑然不知，只因内心相思深。此时，路边的杨柳被风吹得倦了般垂在那里，池塘里的荷花更是被雨丝拍打得没了娇颜。

近秋，愁起，一身瘦骨的自己更是顿生烦恼。

自别后，我这无尽的愁苦再不知怎么说与人听，秋风秋雨催人愁却还未到真正可诉说愁绪的季节。

更鼓，已敲三更。

夜已深，我却始终不能入睡，明知道寂寞唯梦可消，可又如何！

笺注

[1] 不禁：不能经受。

[2] 谯鼓：古代谯楼（城门之上的了望楼）上的更鼓。

[3] 须：即“应”。

点绛唇

咏风兰[1]

别样[2]幽芬，更无浓艳[3]催开处。
凌波[4]欲去，且为东风住。
忒煞萧疏[5]，争奈秋如许。
还留取，冷香[6]半缕，第一湘江雨[7]。

背景

这首词，是一首题画兼咏物的词，应作于康熙十九年（1680年）前后，当时纳兰的好友张见阳正任湖南江华县令，词中所写的风兰，正是张见阳为其所作的《风兰图》。

别样幽芬，更无浓艳催开处。

词译

凤兰的香，是如此不同寻常。

幽幽香气里尽见素雅怡淡，不见一丝的浓艳浮华，让世间那些娇艳的花儿都自惭形秽。

秋风起，它在风中摇曳的样子犹如凌波仙子一般，这样轻盈飘逸。

它如此美好，任谁都想将它永留人间。

所以，每个遇见它的人都会担忧它，担忧它稀疏的叶子是否耐得住那寒冷的清秋的肆虐。

由此，爱怜它的人，纷纷将它体贴入画，连同它那缕缕清香也一并给入画中。

而，由我所见，张见阳所画的它，最是画中一绝。

出自他之手的《凤兰图》，最可见它之风骨。

笺注

[1] 风兰：兰花的一种，开白色的花，微香。据张本标题，此词系为张见阳所画兰花的题词。

[2] 别样：特别、不寻常。

[3] 浓艳：艳丽、华丽。代指鲜艳的花朵。

[4] 凌波：在水上行走。

[5] 忒煞：太，过于。萧疏：稀疏。

[6] 冷香：指花之清香气。多喻菊、梅之香气。

[7] 第一湘江雨：张见阳此时正令湖南江华，故此句意谓见阳所画之风兰堪称画中第一了。

天仙子

渌水亭秋夜[1]

水浴凉蟾[2]风入袂，鱼鳞蹙损金波碎[3]。

好天良夜酒盈樽，心自醉，愁难睡。西风月落城乌[4]起。

背景

某个秋夜，无眠的纳兰面对渌水亭的良辰美景，暗自伤怀，就此写下此词。

词译

池塘内水波清澈，一轮金月倒映在水中，于波光粼粼里随风而动。

鱼儿跃，掀起了一片涟漪，亦搅碎了水中的那一轮金月。一瞬间，水中细碎的金色光晕渲染开来，于波光粼粼里闪烁。

如此良夜，如此美景，却是只孤单一个人。

无人相伴，只好一个人自斟。

只是，万般清愁涌上心头，酒未斟，人就已暗自沉醉了。

人，再无心饮酒，却也无法入眠，整夜都在辗转反侧里，直到看尽月落乌啼，天际破晓。

好天良夜酒盈樽，
心自醉，愁难睡。

笺注

[1] 渌水亭：渌水，清澈之池水，池在纳兰性德家中。渌水亭，池畔之园亭。

[2] 凉蟾：指水中之月。

[3] “鱼鳞”句：谓水中鱼儿游泳，搅碎了水中的月色。金波，指水中之月光。

[4] 城乌：城楼上的乌鸦。

浪淘沙

闷自剔残灯

闷自剔残灯，暗雨空庭。

潇潇已是不堪听，那更西风偏著意，做尽秋声[1]。

城柝[2]已三更，欲睡还醒。

薄寒中夜[3]掩银屏，曾染戒香[4]消俗念，莫又多情。

背景

秋夜寂寞，纳兰难以入睡，心有所感而作此词。

词译

夜凉，雨落，心情烦忧无处排遣，只感觉一室的寂寞排山倒海般地袭来，让整个人都变得颓废心伤不已。

人，闷闷地将灯芯拨掉，想让灯光更明亮些。

可是，淅淅沥沥的雨声却不停地滴落在无人的庭院，让人勾起无许愁思来。本来悲风愁雨的声音已经敲击得令人脆弱，偏生西风又吹起，万木零落的秋声，更是让人越发地感伤不已。

空寂的黑暗里，传来打更的梆子声，已到三更时，可人却想睡也睡不着，辗转反侧、寂寞难耐着，逼人的寒风还阵阵袭来，迫使自己不得不起身将屏风紧掩。

明明，自己早已决意向佛，不再陷入多情的执念之中，可为何在这寂冷的雨夜里还是不能控制自己往深情里陷!

笺注

[1] “那更”二句：那更，犹云况更，兼之。著意，犹专意、用心。秋声，万木零落之声。

[2] 柝（tuò）：梆子，巡夜时敲击以报时。

[3] 薄寒：逼迫的寒气。薄，迫也。中夜：半夜。

[4] 戒香：佛教说戒时所点燃之香。这里以戒香代指超脱尘世烦恼的忘机之意。

酒泉子

谢却荼蘼

谢却荼蘼[1]，一片月明如水。

篆香消，犹未睡，早鸦啼。

嫩寒无赖[2]罗衣薄，休傍阑干角。

最愁人，灯欲落，雁还飞。

背景

这是一首纳兰创作的长夜思念故人之作。

词译

白色的荼蘼花儿，谢了；明月绚烂的夜，如水。

一室寂冷，篆香已燃尽，早鸦亦啼鸣，而我又是一夜未成眠。

寒意深，丝丝寒冷无情地浸透一袭微薄锦衣的我，心亦寂冷。罢了，别再倚靠栏杆眺望，即便栏杆拍遍也无济于事，根本就没有谁能懂得我这登临之意。

愁绪难平，知音难觅。

而此刻，灯要燃尽，鸿雁要决绝南飞，再没了可寄相思的地儿。

如此，怎能不让人更伤怀愁怨。

笺注

[1] 荼蘼：落叶小灌木，攀援茎，有刺，夏季开白花，清香洁美。

[2] 嫩寒无赖：嫩寒，轻寒、微寒。无赖，犹无情无义。

减字木兰花

从教铁石

从教铁石[1]，每见花开成惜惜[2]。
泪点难消，滴损苍烟玉一条[3]。
怜伊太冷，添个纸窗疏竹影。
记取相思，环佩[4]归来月上时。

背景

此首词应为纳兰冬日所作的咏梅词，创作年代不详。

词译

纵然是铁石心肠的人，在面对绽放的清幽梅花时，都会忍不住心生怜惜的。更何况，面对月下这一枝晶莹如玉、花开娇娇的梅花。在皎洁的月色里，这枝梅花花瓣点点就犹如点点泪珠儿，真真是我见犹怜。

怜梅而怕它会冷，故而添个纸窗，再加种个竹林来陪衬着把它呵护。

不知为何，见梅尤怜时，我想起了你。可是，远在异处的你，将永远无法回到我的身边。一想起这，心伤就会满地。

说来，你我还不如这梅来得幸运，它还可化魂苏醒，乘着这夜月归来与心爱的人共赴幽约。

而你和我，这天人相隔里，再没了相约的可能。

只能，徒添恨意深。

笺注

[1] 从教：任凭、听任。铁石：铁肠石心。

[2] 惜惜：可惜、怜惜。

[3] 玉一条：指梅树。

[4] 环佩：代指所思恋之人。

落花时

夕阳谁唤下楼梯

夕阳谁唤下楼梯，一握香荑[1]。
回头忍笑阶前立，总[2]无语，也依依。
笺书直恁无凭据[3]，休说相思。
劝伊好向红窗醉，须莫及，落花时。

背景

纳兰很爱妻子，两人之间的生活十分旖旎动人，这首词，写的就是他们之间这份缠绵之情。

词译

夕阳西下，不知是谁将她唤下楼。

暮色之中，她的手指白嫩如荑，煞是惹人怜爱。

她，静静地立在台阶上，不时回头望，羞涩地微笑着一直不语。即便如此，她依然是那么楚楚动人。

原来，她不语是在嗔怪恋人在信中相约却失约。

落花舞，絮儿飞，面对恋人祈求的眼神儿，她这才故作假意娇嗔地说：于你，书信中的约期都如此地不足凭信，你既然可误期爽约，那么就请你不必再说什么对我的相思了。

恋人慌，一副可怜兮兮的样子，转而她又不忍，道：春光正好，还是快快去沉浸在这美景里吧，勿待花落尽了才去空折花枝。

也是，良辰美景，最应惜花，也最应惜人。

回头忍笑阶前立，
总无语，也依依。

笺注

[1] 香荑（tí）：荑原为茅草的嫩芽，这里指女子白嫩的手指。

[2] 总：纵然，虽然。

[3] 直恁：竟然如此。无凭据，不能凭信。

朝中措

蜀弦秦柱不关情

蜀弦秦柱不关情[1]，尽日掩云屏[2]。
已惜轻翎退粉[3]，更嫌弱絮为萍。
东风多事，余寒吹散，烘暖微酲[4]。
看尽一帘红雨[5]，为谁亲系花铃[6]。

背景

暮春之际，纳兰因怀念亲人而写下了这首伤春词。

词译

春日寂寂，百无聊赖时连动人的琴瑟声也不能牵动我的情绪。

整日里，我都虚掩着云母屏风沉浸在忧伤里，会暗自怜惜蝴蝶的退粉，会不忍看柔絮入水化作浮萍。

不由得，会恨东风多事吹，尽管它吹散了那残存的寒冷，可是，它也在日日吹拂里将明媚的春天给带走。

艳阳日，暖意融融，虽令人迷醉，却也开始落花无数，一阵阵风袭下纷纷而落里如同下了一场红色的花瓣雨。

纵使有惜花人，好心系上那无许的金铃，又如何，风吹起时花依然会飘零殆尽。

笺注

[1] 蜀弦秦柱：指筝瑟。相传筝为秦蒙恬所造，故称秦筝、秦柱。关情：动情。

[2] 云屏：云母屏风。

[3] 轻翎：蝶翅。退粉：宋罗大经《鹤林玉露》载："杨东山言《道藏经》云：蝶交则粉退，蜂交则黄退。"

[4] 烘暖微酲：指东风和煦，暖意融融，令人陶醉。微酲，微醉。

[5] 红雨：落花。

[6] 花铃：为防鸟雀伤花而系在花上的护花铃。

采桑子

谁翻乐府凄凉曲

谁翻[1]乐府凄凉曲？风也萧萧，雨也萧萧，瘦尽灯花又一宵[2]。

不知何事萦怀抱[3]，醒也无聊，

醉也无聊，梦也何曾到谢桥[4]。

背景

借景抒情，纳兰借此首词抒发对妻子的深深怀念及内心的深情、忧愁。

词译

是谁，在这静寂的夜里翻唱那首凄凉悲伤的乐府旧曲？

惹得人一身落寞孤独。

这曲调，和着萧萧的风雨声，让人的寂寞无处可躲。我无法入眠，只能清醒地看着灯花一点点地燃尽。

今夜，又是一个难眠凄苦的夜。

我心中的愁绪啊，始终无法排解，说不清，理还乱，醒着或者睡着，都无法将其挣脱。

何时才能从身体里抽出这愁怨，好纵身入梦。

可是，不知入梦后能否如愿到谢娘桥上与心爱的人相会？

风也萧萧，雨也萧萧，
瘦尽灯花又一宵。

笺注

[1] 翻：本来是指演奏，但“乐府”是指可以歌唱的歌曲，所以此“翻”应该理解为歌唱。

[2] “瘦尽”句：意思是说眼望着灯花一点一点地烧尽，彻夜不眠。

[3] 萦怀抱：缠绕在心中。

[4] 谢桥：谢娘桥。相传六朝时即有此桥名。诗词中每以此桥代指冶游之地，或指与情人欢会之地。晏几道《鹧鸪天》：“梦魂惯得无拘检，又踏杨花过谢桥。”纳兰反用其意，即在梦中追求的欢乐也完全幻灭了。

四和香

麦浪翻晴风飐柳

麦浪翻晴风飐[1]柳，已过伤春候[2]。
因甚为他成僝僽[3]？毕竟是春迤逗[4]。
红药[5]阑边携素手，暖语浓于酒。
盼到园花铺似绣，却更比春前瘦。

背景

该词应是纳兰怀念宫中表妹而作的一首伤春词。

词译

夏初，风拂麦浪，杨柳儿飘。

已经过了伤春的时节，却为何，人是这样的烦扰，整日里神色憔悴、落寞孤寂。

原来，还是伤春意绪惹。

春虽过，然春愁仍在。

仍记得，当年芍药花前牵你的手，听你在耳畔软语，真真胜过美酒千饮。

如今，好不容易盼到这繁花似锦时，而你却不在了身边，只剩孤单我一人。

独自憔悴，独自消瘦！

笺注

[1] 飐（zhǎn）：风吹使摆动。

[2] 候：时令，时节。

[3] 僝僽（chán zhòu）：憔悴，烦恼。

[4] 迤逗：惹起，引逗。

[5] 红药：芍药。

盼到园花铺似绣，
却更比春前瘦。

如梦令

正是辘轳金井

正是辘轳金井[1]，满砌落花红冷。

蓦地一相逢，心事眼波难定。

谁省，谁省。从此簟纹灯影[2]。

背景

纳兰因失去爱人饱受相思之苦，为表达自己的哀切相思之情，写下了这首词。

词译

春意阑珊，天明时，辘轳声开始在井台上渐次响起。

晨曦薄暮还未退尽，一夜风雨却早将落花摧残满地，湿漉漉的石阶上更是落红一片。

就是在这样的一个清晨，我和她蓦然相逢，一颗心就此为她而倾，只是却始终难以明了她迷离眼波后隐藏的心事。

谁能明白？谁又能深懂？我和她之间的爱而不可得。

从此后，无论是簟席上孤枕难眠时，还是孤灯独对辗转徘徊时，她都在我心底翻涌，让我难以忘怀。

笺注

[1] 辘轳金井：装有辘轳的水井。辘轳，井上汲水的起重装置。金井，装饰华美的雕栏之井。

[2] 簟纹灯影：空房独处，寂寞无聊。簟（diàn）纹，竹席之纹络，这里借指孤眠幽独的情景。

蓦地一相逢，
心事眼波难定。

醉桃源

斜风细雨正霏霏

斜风细雨正霏霏[1]，画帘拖地垂。
屏山几曲篆香微[2]，闲亭柳絮飞。
新绿密，乱红稀，乳莺残日啼。
余寒欲透缕金衣[3]，落花郎未归。

背景

这是一首伤春的词，纳兰借女子的闺中愁绪来抒发自己的愁情。

词译

若丝的纷纷细雨，在斜风中被吹得凌乱。

人，在画帘垂地的华丽房间里，却更觉深冷。有迂回山峦的屏风，挡住了人的视线，只见那尚未燃尽的篆香袅袅。

寂静的小亭外，柳絮儿正纷飞，惹得人是心绪难平。

春雨初霁，叶儿新发，在雨水的滋润里渐转茂盛；花儿绽放，却被雨水敲打得落红一地，稀疏一片。

黄昏时近，有乳莺鸣叫着穿越雨丝，入耳而来，心中不禁泛起寂寞的涟漪来。

寒意深，而你还不来。

让我如何，度过这落花一地的破碎时光。

笺注

[1] “斜风”句：唐张志和《渔歌子》词：“斜风细雨不须归。”霏霏，雨雪纷飞的样子。

[2] 屏山：绘有山的屏风。篆香：像篆字的香。

[3] 缕金衣：饰有金丝的衣服。

唐多令

雨夜

丝雨织红茵[1]，苔阶压绣纹，是年年、肠断黄昏。

到眼芳菲都惹恨，那更说，塞垣[2]春。

萧飒不堪闻，残妆拥夜分[3]，为梨花、深掩重门。

梦向金微山[4]下去，才识路，又移军。

背景

纳兰受命出使觇梭龙时，途中突遇细雨，恰逢入夜，心遂起相思而作此词。

词译

细雨，如丝密织，击打着争奇斗艳的花朵。

瞬时，一片落红如毯铺满苔痕深深的台阶。

最是黄昏惹人愁，年年如此，年年都在肠断黄昏中度过，那满眼的花草无不惹人勾起万千愁思。

想起远行边塞的征人，心就更加悲伤起来。

繁花似锦的春日京城，在暮色四合时都让人如此生悲愁，就更别提那边塞荒凉的夜深之境了，那会更令人忧伤不能自已。

如此想着，人更不忍细听这萧飒风雨的声音了。

辗转反侧、反侧辗转中直至夜半，人因思念而憔悴，残妆满脸里却还抱着被褥迟迟不肯入睡。

闺门深掩，只为防止梨花被风吹尽，怕更惹心伤。

总算入梦，梦里来到你在的边塞，却未料才刚刚找到你驻扎的军营，又听说你已转移到别处。

梦殇，醒来心碎一地。

丝雨织红茵，苔阶压绣纹，
是年年、肠断黄昏。

笺注

[1] 红茵：红色地毯，这里指一地红花。

[2] 塞垣：边境地带。

[3] 夜分：夜半。

[4] 金微山：即今之阿尔泰山。诗词中常用来泛指边塞。

菩萨蛮

阑风伏雨催寒食

阑风伏雨催寒食[1]，樱桃一夜花狼藉。
刚[2]与病相宜，锁窗[3]薰绣衣。
画眉烦女伴，央及[4]流莺唤。
半饷试开奁[5]，娇多直自嫌[6]。

背景

这首词是纳兰以女子口吻而写，惟妙惟肖地描写了一个病后女子又喜又悲的情绪。

词译

风雨连绵，浓云密布，寒食节马上就要到了，应会有伤心人无数。

昨夜，春风残卷樱花，让落花无数，让一地狼藉凌乱。久病初愈的人儿，起身来到雕满花纹的窗棂前，开始置炉熏衣，来驱除寒意。

本来，她还想要唤来女伴，来给自己画眉梳妆，谁知心情欠佳又懒得动身，而作罢。恰有黄莺来到窗前啼啭，她便在心底暗自想：若这黄莺可以给女伴捎个信儿，多好，省却了自己动身一趟。

罢了，自己来梳妆吧。

可是，打开了梳妆盒半天，她还没有动。

镜中的自己，虽经历病痛却依然娇美，但于她自己仍是不甚满意的，因而更无心去梳妆打扮了。

阑风伏雨催寒食，
樱桃一夜花狼藉。

笺注

[1] 阑风伏雨：连绵不断的风雨。寒食：寒食节，清明前一日或二日，其时禁火三天，食冷食。

[2] 刚：恰好。

[3] 锁窗：雕刻有连锁花纹的窗。

[4] 央及：请求。

[5] 奁（lián）：古代女子梳妆用的镜匣。

[6] 直：只。自嫌：自己对自己不满。

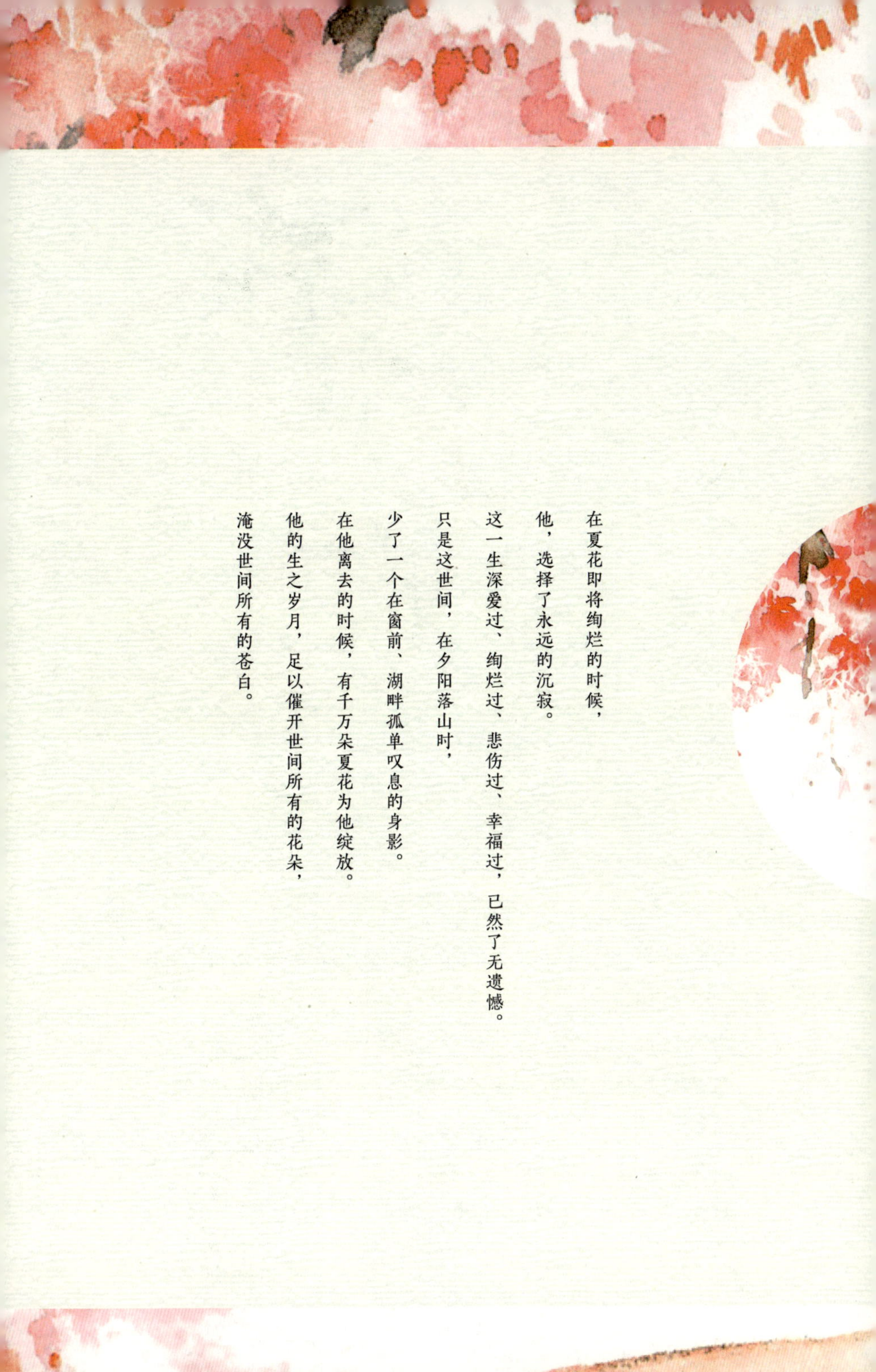

在夏花即将绚烂的时候，

他，选择了永远的沉寂。

这一生深爱过、绚烂过、悲伤过、幸福过，已然了无遗憾。

只是这世间，在夕阳落山时，

少了一个在窗前、湖畔孤单叹息的身影。

在他离去的时候，有千万朵夏花为他绽放。

他的生之岁月，足以催开世间所有的花朵，

淹没世间所有的苍白。

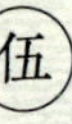

辛苦最怜天上月

蝶恋花

辛苦最怜天上月

辛苦最怜天上月。一昔如环，昔昔都成玦[1]。

若似月轮终皎洁，不辞冰雪为卿热[2]。

无那[3]尘缘容易绝。燕子依然，软踏帘钩说[4]。

唱罢秋坟愁未歇[5]，春丛认取[6]双栖蝶。

背景

在爱妻卢氏去世百天后，纳兰突然梦到她和自己说：“衔恨愿为天上月，年年犹得向郎圆。”故有感，而写下这首伤情凄恻的词。

词译

这世间最令人怜惜的，应是天上的月。

因为，在一月之中，它只有一夜是圆满的，其余夜晚它都有亏缺，就犹如一块不完整的玉玦。

吾爱，若是你可夜夜似这圆月一般长盈不亏，我愿为你化作冰雪，不畏“辛苦”，不辞“冰寒”，始终陪伴在你的身边。

只是，世事最残酷，尘缘最难获得。

你我之间的尘世缘，结束得这般令人无可奈何。如今，只剩这漫天的思念桎梏，让人无以喘息。

人，被情困，而燕儿依旧。它们依然轻盈地踏在帘钩上，呢喃絮语着，让为爱失魂的人是如此的艳羡不已。

自秋日，我对着你的坟茔沉痛哀悼后，到如今愁绪未曾减过一点。

我是多么希冀，有一日能和你似这春日里的蝴蝶，可以双宿双飞在这草丛里，或嬉戏，或呢喃，爱意永不消失呢！

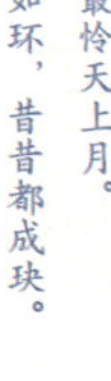

笺注

[1] “一昔”句：昔，同“夕”，一夜。玦（jué），半环形之玉，借喻不满的月亮。

[2] “不辞”句：意思是不怕严寒而为你送去温暖。卿，“你”的爱称。

[3] 无那：无奈，无可奈何。

[4] “软踏”句：意思是说燕子依然像过去那样，轻轻地踏在帘钩上，呢喃絮语。

[5] “唱罢”句：意思是说哀悼过了亡灵，但是满怀愁情仍不能消解。

[6] 认取：注视着。取，语助词。

菩萨蛮

梦回酒醒三通鼓

梦回酒醒三通鼓，断肠啼鴂[1]花飞处。
新恨隔红窗，罗衫泪几行。
相思何处说，空有当时月。
月也异当时，团圞[2]照鬓丝。

背景

月凉的夜，纳兰夜半酒醒，忆起逝去的爱妻哀伤不能自已，故而写下此相思词。

词译

夜半三更，酒醒梦回，听过三更鼓响，耳边又传来杜鹃悲鸣的声音，我这心中的伤情愁绪啊，就如同落花一般乱飞来。

新仇旧恨，隔着帘窗全都涌上心头，忍不住泪水涟涟，溅湿衣衫。

我对你的深深相思，到如今再无处无人可以诉说。

你不在，再没有谁能深懂我，枉有当时你我共赏的明月在。

你不在，明月虽在却月不似当初的月，曾经你我对影双双，如今也只剩我孤身一人。

你不在，我自憔悴，鬓发白！

月也异当时，团圞照鬓丝。

笺注

[1] 啼鴂（jué）：杜鹃啼鸣。相传此鸟为蜀主望帝魂化，春末夏初时啼叫，其声惹人生悲。

[2] 团圞（luán）：指明亮的圆月。

虞美人

为梁汾赋

凭君料理花间课[1]，莫负当初我。
眼看鸡犬上天梯[2]，黄九自招秦七共泥犁[3]。
瘦狂那似痴肥好[4]，判任[5]痴肥笑。
笑他多病与长贫，不及诸公衮衮向风尘[6]。

背景

纳兰与顾贞观初识，即如故。作此词是纳兰向好友顾贞观表明自己的情操和心迹。

词译

我把我的花间词作，交付给你，是因我们是同一类人。

这之后，你只要不辜负我的一片真心便好。

如今，我这仕途失意的人只想填好自己的词作，再别无他想。

就让那些仕途得意的小人们，踌躇满志地尽管去入仕朝堂、攀登高位吧。

我们和他们从来都不是同一类人，我们不求富贵显达，我们只要能耽于填自己的小词，哪怕进入地狱，也可自有一番闲乐。

随他们去吧，那些仕途得意的小人们总是笑我们这些仕途失意的人，笑我们贫病交加，笑我们仕途坎坷。是的，在权贵面前我们确实无法和他们这些身居高位却无所作为的官僚们相比。

让他们尽管去追逐那些所谓的名利吧，这些于我们素来都只是浮云，无法入眼的。

志不同，不相为谋。

就这样吧！

笑他多病与长贫，
不及诸公衮衮向风尘。

笺注

[1] 料理：原指点、指教之意。此处为辑集。课：指词作。花间：即《花间集》，为后蜀人赵崇祚编辑的一部词集。

[2] 天梯：道教中所说的登天的云梯。此处喻为入仕朝堂，登上仕途高位。

[3] 黄九：北宋诗人黄庭坚，因排行第九，故云。秦七：北宋词人秦观，因排行第七，故云。此处借指词人与顾贞观。泥犁：梵语，意即地狱。

[4] 瘦狂、痴肥：喻官场失意者与得意者。作者以瘦狂自喻，以痴肥喻那些脑满肠肥的人。

[5] 判任：任凭。

[6] 诸公：指仕进得意、占据险要地位者。衮衮：谓络绎不绝。风尘：指仕途、官场。

踏莎行

寄见阳

倚柳题笺[1]，当花侧帽[2]，赏心应比驱驰好。
错教双鬓受东风，看吹绿影[3]成丝早。
金殿寒鸦，玉阶春草，就中冷暖和谁道。
小楼明月镇长闲[4]，人生何事缁尘[5]老。

背景

这是纳兰怀念挚友张见阳而作的一首词。

词译

时日里，我最喜的还是吟诗作词，赏花题柳，这样洒脱不羁的日子当比策马奔腾来得好。

无奈，自己身不由己坠入滚滚红尘之中，被生活所累，早早让自己在俗世里沉沦，黑发生了白发。帝王家的宫殿周围，常常乌鸦一片；朝廷的台阶上，全是青苔深深，身陷其间的冷暖只有自知，无法向谁人述说。

既如此，不要再纠结了。

春暖日好不如索性独上小楼悠闲地去赏月，也好不让自己败了心性，沾染了这世俗风尘。

笺注

[1] 倚柳题笺：指作诗填词等优闲自适的生活。

[2] 侧帽：取自“侧帽风流”的典故。

[3] 绿影：绿发，指乌黑发亮的头发。

[4] 小楼：指自己的家。镇长：经常、常常。

[5] 缁尘：黑色灰尘，即风尘。

临江仙

寄严荪友[1]

别后闲情何所寄，初莺早雁相思[2]。
如今憔悴异当时。飘零心事，残月落花知。
生小不知江上路[3]，分明却到梁溪[4]。
匆匆刚欲话分携[5]。香消梦冷，窗白一声鸡。

背景

严荪友，年长纳兰三十岁，两人却毫无代沟，还成了忘年之交。这首词为寄赠之作，表达了纳兰对挚友深切的怀念。

词译

自你离去后，我的闲情逸趣再无处能寄托。

你不在的春去秋来里，也就只有那莺雀懂得我的思念之苦。如今，寂寞憔悴的我再无法同当初相比，那飘零着的孤独的心，只有那残月和落花可懂。

我从来不曾晓得去往江南的路，却不知为何在梦中能如此分明地来到了你的家乡。只可恨，刚要与你诉离别种种时，竟被一声鸡鸣给惊醒。

香消梦冷，人更是神伤得不能自已。

天已明，想要再入梦寻你，更不能。

笺注

[1] 严荪友：即作者友人严绳孙，字荪友，江苏无锡人。

[2] 初莺：指暮春时。早雁：指初秋时。此谓春去秋来。

[3] 江上路：江南之路。

[4] 梁溪：在今江苏无锡县西，源出惠山，流入太湖。此代指严绳孙的家乡。

[5] 分携：分手。

点绛唇

寄南海梁药亭[1]

一帽征尘，留君不住从君去。
片帆何处，南浦沈香雨[2]。
回首风流，紫竹村[3]边住。
孤鸿语，三生定许，可是梁鸿[4]侣？

背景

纳兰结识了进京赶考的梁药亭，因为志趣相投而成为知己。梁药亭仕进不利，离京返粤，纳兰不舍，故作此词赠与他，表达自己依依不舍之情。

词译

你执意要南归，尽管我千方百计要留你。我知道我只能留你天涯一时，却留不得你漂泊一世。

罢了，留不住，只好任君离去。

可一想到你踏上归途，回到你那多雨的故乡去，我就忍不住想起往日我们一起在紫竹村的美好时光，那些潇洒的、风流的、不羁的美好时光，我想这一辈子我都不会忘记。

只可惜，而今你我隔了千山万水，舟船难通，只能目送孤鸿，期许它可带相思给你。

如果这世间真有什么今生前世之说的话，那么，愿君是这三生石上的梁鸿，来生我们可再聚。

孤鸿语，三生定许，
可是梁鸿侣？

笺注

[1] 南海：指广东省。梁药亭：作者的好友梁佩兰，字芝五，号药亭，广东南海县人，清初著名诗人，与屈大均、陈恭尹并称为“岭南三大家”。

[2] 南浦：南面的水滨，泛指送别之处。沈香：沈香浦，在今广东南海琵琶洲。相传晋广州刺史吴隐之曾在这里投下沉香，故名。

[3] 紫竹村：未详，可能是北京西郊紫竹院附近的一处村庄。

[4] 梁鸿：字伯鸾，系汉扶风平陵人，家贫而好学，尚气节，为隐逸之士，与妻子孟光相敬如宾。

菩萨蛮

过张见阳山居[1]赋赠

车尘马迹纷如织，羡君筑处真幽僻。
柿叶一林红，萧萧四面风。
功名应看镜[2]，明月秋河影[3]。
安得此山间，与君高卧闲。

背景

时年，张见阳在京中西山一带隐居，纳兰在过此山居之后，有感于其居处的幽静偏僻写下这首词，表达了自己的归隐之心。

词译

人生在世，一切功名利禄其实都不过是过眼云烟，最后皆空。

所以，在车如流水马如龙的纷扰尘世里，真真令人羡慕的是君居住的这样一处幽静偏僻的好地方。在这里，有漫山柿树，有柿红果香，还有那四面萧萧清风，如此田园美景可消磨万千良辰。

再看看自己，镜中容颜已渐渐老去，而功名亦无。

其实，这俗世即便功名利禄都有也是虚妄，所谓功名利禄皆不过是那河中之影、镜中之月而已。远不如，似君这般抚一张琴、观一片云、饮一壶酒，来得逍遥惬意。

笺注

[1] 张见阳山居：在京郊西山。

[2] “功名”句：谓容颜易老而功名难就。

[3] 秋河影：指银河。

山花子

林下荒苔道韫家

林下荒苔道韫[1]家，生怜玉骨委尘沙[2]。
愁向风前无处说，数归鸦。
半世浮萍随逝水[3]，一宵冷雨葬名花。
魂似柳绵[4]吹欲碎，绕天涯。

背景

妻子卢氏下葬后，纳兰悲痛欲绝，写下这首词来诉说自己的一腔幽怨。

词译

曾经的才女，香消玉殒后也未能避免掉在荒苔遍地下叹息过往。时光飞逝里，她那一身冰清玉洁早已化成魂骨，被掩埋在这一片荒沙之中。一想起这些，我就心痛得无法自已。因为，我会想起你。我的最爱，你逝去后，命运与她不会有所分别，再是声名赫赫又如何，再是才情满满亦如何，死后谁都不过是魂骨一片而已。

只是，我的最爱，我仍是不能容忍那么美好的你化为魂骨。

为你，这生死离别的愁苦无处可诉，抬头数尽黄昏时归来的乌鸦，愁苦反而更深。

细思量，想来自己这半生的命运就如同随水漂流的浮萍一般，飘摇无所依。而你离开后，我更是无可依。这恼人的无情的冷雨，还偏生淅淅沥沥地下，一夜之间便把所有名花都摧残。

不知，你的那一缕芳魂是否可化为柳絮儿，魂飞天涯。

虽说，飘零的柳絮儿无依，但天涯海角若有了你的讯息可寻，于我，便足够安慰。

我心，将不会再那么伤。

笺注

[1] 道韫：东晋王凝之的妻子谢道韫。道韫有文才，曾以“未若柳絮因风起”的咏雪名句而为人称赏。此代指亡妻卢氏。

[2] 生怜：深怜、甚怜。玉骨委尘沙：指亡妻掩埋坟墓中。

[3] “半世”句：谓半生的命运如同浮萍随水漂流。

[4] 柳绵：柳絮。

摊破浣溪沙

一霎灯前醉不醒

一霎[1]灯前醉不醒，恨如春梦畏分明[2]。

淡月淡云窗外雨，一声声[3]。

人道情多情转薄，而今真个不多情。

又听鹧鸪啼遍了，短长亭。

背景

某一个雨夜，纳兰想要用“醉”来逃避离情，心中感慨写下此词。

词译

因为离别苦，我在孤灯前独自饮酒。

心内苦，太过伤心欲绝，于是猛饮而醉，沉沉地，沉沉地，竟一时半会儿没能醒来。

这，是我最希望的遁入的一种状态。

要知道，你离开后的这些时日，我没有一日不想饮酒买醉来逃避想你时的心痛。最是恼恨，酒梦中想来还是要清醒地去面对离别的事实，这心境太过让人生畏。

此时，窗外云淡淡，月溶溶，淅沥沥的雨声叫人伤怀不已。

人总说，在岁月流转里，情到浓时就会慢慢转淡。可为何，不再多情的自己，在听到短亭、长亭外鹧鸪啼鸣不停的声音时，还更添相思无数。

笺注

[1] 一霎：霎时间，谓极短的时间。

[2] “恨如”句：言怕醉中梦境与现实分明起来。

[3] “淡月”二句：温庭筠《更漏子》：“梧桐树，三更雨，不道离情正苦。一叶叶，一声声，空阶滴到明。”

山花子

风絮飘残已化萍

风絮飘残已化萍[1]，泥莲刚倩藕丝萦[2]。

珍重别拈香一瓣[3]，记前生。

人到情多情转薄，而今真个悔多情。

又到断肠回首处，泪偷零。

背景

纳兰为了悼亡妻子，故写下此词。

词译

风中柳絮儿残飞，入水全化作浮萍；荷塘中的莲花，虽然花开正好，然我知道藕断了会丝连。

俗世多情的人儿们呀，亦如这藕断了丝连，虽生死永隔了，然情未断，仍会在内心丝丝缕缕地将相思缠绕。

离别时，大家总会拈花一朵赠予对方，以此来让对方记住过往种种。愿来生，还可再续情缘。

人总说，人到情多情会转薄，于你我，也曾在时间的久长里情薄过。如今，想来后悔更多。要知道，你会这么早就永久地离开我，我想我会加倍、加倍地爱你。

可是，时光不可倒流，情缘不可逆转。

而今日，再到伤心离别处，泪水就再也止不住地往下流。

笺注

[1] “风絮”句：旧说柳絮飘落入水为浮萍。

[2] 泥莲：荷塘中的莲花。倩：请。

[3] 一瓣：犹一炷。

寻芳草

萧寺[1]记梦

客夜怎生[2]过？梦相伴、倚窗吟和[3]。
薄嗔[4]佯笑道，若不是恁[5]凄凉，肯来么？
来去苦匆匆，准拟[6]待、晓钟敲破。
乍偎人、一闪灯花堕，却对着琉璃火[7]。

背景

纳兰寄宿佛寺，沉静深思时，不由得心生感叹而作此词。

词译

异地寄居，寂静的夜我到底该怎样才能挨过？

辗转入梦，竟在梦里看到她倚着窗与我吟诗作对。梦中的她，依然娇媚，是我最爱的模样。在梦中，她还故作嗔怪，强作欢颜地对我说：你若不是如此孤寂，会来与我相聚？

可是，吾爱，你要知道，你始终在我心底，从未离开。

只恨这世间残忍，一切来去太匆匆，连这梦亦太短，让我等不到晨钟敲响时。梦，还是会醒；离别，还是如此凄苦。

刚刚你依偎在我怀里的温度，我还深记得，可是，你却一忽儿不见了，若如灯花一闪，即刻逝去不可寻。独留我一人，寂寂地看着那一盏闪烁不明的琉璃灯，神伤。

乍偎人、一闪灯花堕，
却对着琉璃火。

笺注

[1] 萧寺：泛指佛寺。

[2] 怎生：怎样。

[3] 吟和：吟诗唱和。

[4] 薄嗔：假意嗔怪。嗔（chēn），怒，生气。

[5] 恁：如此。

[6] 准拟：准备、打算。

[7] 琉璃火：指寺庙中的琉璃灯。

虞美人

春情只到梨花薄

春情只到梨花薄[1]，片片催零落。
夕阳何事近黄昏，不道[2]人间犹有未招魂。
银笺[3]别梦当时句，密绾同心苣[4]。
为伊判作[5]梦中人，长向画图清夜唤真真[6]。

背景

纳兰，在目睹“春来梨花开，风去梨花落”之景后，想起亡妻，有感而作此词。

词译

春意浓，梨花儿绽放斗艳。

如锦的梨花儿，却经不起风吹，风一吹，花儿便落满地。

更恼人的，是夕阳忙着西下催着黄昏近，全然不顾人间尚有人为着相思，怕近黄昏。

夜就快来，还未能将爱人招入梦来，真是令人心焦。

犹记得，素白的信笺上写满了你我的浓情蜜意、海誓山盟，那缠绕着你我爱恋的同心结也还在，只有你无情地不见。

真希望，我是那梦中人，可以整日对着你的画像，呼唤你的名字，而你可从画中来，日日与我相会。

春情只到梨花薄，
片片催零落。

笺注

[1] 梨花薄：谓梨花丛密之处。薄，指草木丛生之处。

[2] 不道：犹不管、不顾。

[3] 银笺：白色的笺纸。

[4] 绾：缠绕。同心苣（qǔ）：象征爱情的同心结。

[5] 判作：甘愿作。

[6] 真真：女子的代称。此处借指所思之情人或妻子。

采桑子

海天谁放冰轮满

海天谁放冰轮[1]满，惆怅离情。
莫说离情，但值凉宵总泪零。
只应碧落[2]重相见，那是[3]今生。
可奈[4]今生，刚作愁时又忆卿。

背景

爱妻的去世，对于纳兰而言是不可磨灭的伤痛，思念颇深时，他会作词而念，此首亦是。

词译

是谁，在碧海蓝天里放了这一轮皎洁的圆月，让人一瞥之下可以念起思念无数。

因为离情，月圆人却不能圆，这惆怅伤悲如何用语言来表达。

平素里，常劝人莫说离情，亦劝自己莫说离情，可是离情最不堪记起，尤其是有凉月的夜，总会更深刻地记起，然后沉浸在回忆里伤心涕泪。

你，已离去。我知道，你我若相见定是在那碧海云天里了。今生，再无可能。

所以，在今生，我便只能在愁苦幽怨里，一再忆起你，再忆起你。

笺注

[1] 冰轮：月亮。

[2] 碧落：天空。

[3] 那是：哪是，岂是。

[4] 可奈：怎奈。

眼儿媚

林下闺房世罕俦

林下闺房世罕俦[1]，偕隐[2]足风流。
今来忍见，鹤孤华表[3]，人远罗浮[4]。
中年定不禁哀乐，其奈忆曾游。
浣花[5]微雨，采菱斜日，欲去还留。

背景

爱妻卢氏逝去多年，纳兰重游山野，心有感慨万千而作此词。

词译

友人夫妻二人，一同隐居山林。

他们一起，远离尘世、浮华，是这样的安宁闲适，令人无比艳羡。

我也想似他们这般，俗世里遁逃，好好沐浴在这仙境般撩人的田园风光之中。只是，没有吾爱你陪在我身边，即便在山林田野里隐居了，我想我也不知道该如何面对。

人到中年，怎么心就这般脆弱，已禁不起太多的哀伤悲痛，尤其是今日重游故地，想起当初和你一起游玩此处的美好时光，人就更哀痛到不能自已。

此时，细雨密密润湿了花枝，夕阳下有人在采摘菱角。

风光如此静好，让我不忍独自面对，可是想要离开，心却生出浓浓的恋恋不舍来。

我知道，即便是相思再苦，我亦愿沉沦在有你的气息的回忆里，不离开。

浣花微雨，采菱斜日，欲去还留。

笺注

[1] 林下：形容闲雅、超脱。俦：同类。这句意谓其人不同凡类。

[2] 偕隐：夫妻一起隐居。

[3] 华表：古代宫殿、城垣或陵墓前所立石柱。鹤孤华表：比喻去世。

[4] 罗浮：罗浮山，在广东省。

[5] 浣花：古时蜀地风俗，以每年四月十九日为浣花日。

少年游

算来好景只如斯

算来好景只如斯，惟许有情知。
寻常风月，等闲谈笑，称意即相宜。
十年青鸟[1]音尘断，往事不胜思。
一钩残月照，半帘飞絮，总是恼人时。

背景

纳兰一直耽于回忆，不能从失去爱情的痛苦中走出来，思念深时情难自禁，故作此词。

词译

这世间最美好的，莫过于与有情人相伴相守。

在相爱的两个人眼里，纵然是平常风月、平常笑语，都让人心生欢愉，觉得世间美好。

只可恨，你我之间情缘浅，我们已然分离十年之久，这期间你音讯全无，我则沉溺在思念里不能自拔。在回忆里，我将我们的那些美好过往日日温习，烦扰和相思便一日比一日更深浓。

一钩残月当空，柳絮飞漫半帘，而我只能在回忆里一遍遍温习你的一颦一笑。

最恼人的是这之后的独自憔悴、独自凄凉。

笺注

[1] 青鸟：传说中西王母的传信神鸟。后代指信使或传递爱情的信使。

清平乐

凄凄切切

凄凄切切，惨淡黄花节[1]。
梦里砧声[2]浑未歇，那更[3]乱蛩悲咽。
尘生燕子空楼，抛残弦索[4]床头。
一样晓风残月，而今触绪[5]添愁。

背景

重阳佳节，纳兰为爱妻之逝而作的悼亡词。

词译

又到深秋时节，菊花遍地，万物残败，丝寒缕缕，让人备感清冷、凄切。

这样的时节，最易惹人悲伤。

夜深时，人的悲伤更甚。我好不容易入梦，却在梦中听到捣衣的声音，声声慢、声声慢，似有似无，悠远不息；梦醒时分，却又被杂乱的蟋蟀鸣叫声惊扰。鸣叫声彻夜不停，扰得人悲伤凄惶生。

燕去楼空，缘分断，人难寻，自此后我再无心拨弄琴弦，只任它蒙尘独自寂寞。

今夜，又是一个晓风残月的夜。

只是，一切物是人非，睹物更思人，平添万千忧愁在心头。

笺注

[1] 黄花节：重阳节。黄花，菊花。

[2] 砧声：捣衣声。

[3] 那更：更何况，更兼。

[4] 弦索：弦乐器之弦，代指弦乐器，如琵琶、筝等。

[5] 触绪：触动了心绪。

菩萨蛮

问君何事轻离别

问君何事轻离别，一年能几团圆月。
杨柳乍如丝，故园春尽时。
春归归不得，两桨松花[1]隔。
旧事逐寒潮，啼鹃[2]恨未消。

背景

纳兰随康熙到盛京告祭祖陵，想起了远在北京的爱妻，心有所感，写下这首词。

词译

你问我为何这么轻易就离别，一年里我们团圆的日子没几天。

可是，吾爱。

——并不是这般，一切都是情非得已。

我在异地，亦受尽相思的煎熬。北国的柳丝才刚刚冒新绿，我知道故乡已然春意阑珊。

好想春归时归去，然却不能归，因为，我们之间隔了一江水，舟船还不能渡。

往事悠悠，似这寒冷的江潮。

我的相思，因此成怨，就如同那哀啼的杜鹃，怨恨未消，啼不停歇！

问君何事轻离别，
一年能几团圆月。

笺注

[1] 松花：松花江。

[2] 啼鹃：传说蜀王杜宇失位后魂化为子规鸟（即杜鹃），啼声哀苦。此鸟“规”字与“归”谐音，故后人以此鸟鸣作为思归之声，表达思归之意。

菩萨蛮

晶帘一片伤心白

晶帘[1]一片伤心白，云鬟香雾[2]成遥隔。

无语问添衣，桐阴月已西。

西风鸣络纬[3]，不许愁人睡。

只是去年秋，如何泪欲流。

背景

这应是爱妻卢氏新亡不久后，纳兰作的一首词。

词译

秋凉，入夜，月光白得惊心，映照在水晶帘上散发出一片冷意。

你我云天相隔，我再也看不到你如云的发，嗅不到你淡淡的香气，你离我是如此的遥远，远到天寒了我都无法问候你一声：要不要多添件衣裳？

眼看着，月亮西沉，梧桐树荫被拉长，寂寞还是无处排遣。夜已很深，西风起，蟋蟀声声鸣，扰得忧愁的人儿再无法入睡。

旧愁更添新怨，人更寂寞。

秋天，还是去年的秋天，可为何面对如此秋景，我这泪是止也止不住地往下流不停呢？

笺注

[1] 晶帘：即水晶帘。

[2] 云鬟香雾：谓头发乌黑如云，香气似雾浓。此代指所爱所思的女子。

[3] 络纬：即蟋蟀，俗称纺织娘。

点绛唇

一种蛾眉

一种蛾眉[1]，下弦不似初弦好[2]。

庾郎[3]未老，何事伤心早？

素壁斜辉，竹影横窗扫。

空房悄，乌啼欲晓，又下西楼[4]了。

背景

此词，是纳兰悼亡爱妻的一首代表作。

词译

同是天上悬挂的一轮“蛾眉月”，可下弦月就不如上弦月好。

这是因为，上弦月出现在月圆之前，而下弦月出现在月圆之后，之前充满着满满的期待，之后却是满蕴着残缺的遗憾。

思念你最深时，往往会是下弦月的时分。

失去你时，我和年轻丧妻的庾信一般，年纪还轻，我们还未相伴久久。于是，我的内心装满了悲伤，伤心事永没有终了的时候了。

一室清辉冷，将窗前的竹影映照，深浅摇曳的样子似人有无尽心事一般，让人心生同病相怜之情。

你离去，这房成空房，夜夜静悄，惹我夜夜沉浸在孤寂悲伤里。

今夜，又是一夜无眠。

独自听乌啼，独自看残月西沉，独自空对一室素壁，人孑然孤独。

笺注

[1] 一种：犹言一样、同是。蛾眉：蚕蛾的触须弯曲细长，故用以比喻女子的眉毛，此借指月亮。

[2] 下弦：指农历每月二十三日前后的月亮。初弦：即上弦，指农历每月初八前后的月亮。

[3] 庾郎：即庾信，作有《伤心赋》。词人二十三岁丧妻，故以庾信自况。

[4] 又下西楼：指月落。

减字木兰花

烛花摇影

烛花摇影，冷透疏衾[1]刚欲醒。
待不思量，不许孤眠不断肠。
茫茫碧落[2]，天上人间情一诺[3]。
银汉[4]难通，稳耐风波愿始从[5]。

背景

这首词为纳兰怀念亡妻所作。

词译

烛火摇曳，一个人在寂冷的夜里独眠。

寒意如此深，让寂寞和孤独都来袭，却还欲睡不能入睡，很煎熬。

不能细思量，也不敢细思量，在这凄冷的夜，因为一思量人就会孤眠断肠。

茫茫碧海蓝天，你我虽天上人间，但是你我之间的誓言，永如金石难摧。

我永远渴盼与你能够再相逢重聚，即使要如牛郎那般，需忍耐银河风波及万千磨难才能与你相聚，我也心甘情愿。

只要，可以与你相见。

笺注

[1] 疏衾：谓掩被孤眠而感到空疏冷寂。

[2] 碧落：青天、天空。

[3] 一诺：《史记·季布栾布列传》：“楚人谚曰：‘得黄金百斤，不如季布一诺。’”此指誓约。

[4] 银汉：银河。

[5] 稳耐：忍受。风波：喻患难。

附：纳兰爱情小传

纳兰与沈宛：人生若只如初见

在她之前，他有“相逢不语，一朵芙蓉著秋雨”的只能相会在梦里的初恋表妹。亦有“谁念西风独自凉，萧萧黄叶闭疏窗。沉思往事立残阳”的偷走他深沉之爱的发妻卢氏。

只是，情若付诸于人，谁还管他曾经几何。

于是，她如飞花逐月一般跟随了他。恨的是，自古多情伤离别，比翼连枝是个美好的愿望。

她和他，终因世俗没有圆满。

“夜红楼，天上人间一样愁。”

没了爱的生，全都是苍白，他们终没抵过“过慧易折，情深不寿”的劫，从此，天上人间恨无穷。

——题语

因为深爱，所以凄恻

那时，官氏的傲慢，颜氏的平常，给不了诗意的纳兰以安慰。

他那颗如海情深的心，便夜夜于灯花里憔悴寂寥。友人顾贞观深懂他的寂寞，也知晓他渴慕一位多情玲珑的红颜知己，于是在他南下时将江南才女沈宛引见给他。

在京城他就耳闻沈宛的才名，也阅读过她婉约而细腻的词作。

而沈宛，如他一般，也早就听说过他这位名满天下的蹁跹公子，亦读过他写的《饮水词》。

如同"似是故人来"，那日一相逢，他们即彼此倾心爱慕。所谓一见钟情，便是如此。

四月的江南，应景应情的，绿树成荫、竹林漾风，他们邂逅在江南的画舫之中，绿纱窗下，心似醇酒温煦。她手抚琴弦，轻轻撩拨一曲自谱的《长命女》：

黄昏后。打窗风雨停还骤。不寐乃眠久。
渐渐寒侵锦被，细细香消金兽。
添段新愁和感旧，拚却红颜瘦。

一曲唱罢，他就知道，她走进了他的心头。

于是，他为她深情写下一阕《浣溪沙》：

十八年来堕世间，吹花嚼蕊弄冰弦，多情情寄阿谁边？
紫玉钗斜灯影背，红绵粉冷枕函偏。相看好处却无言。

情，就是如此。有些人相处一辈子，都很难在心底泛起一丝情海波澜；而有些人，只相处一刻，一个眼神就摄获了一生的情愫。他们二人即是这般。

在此之前，多情若他几近心灰，以为这辈子除了表妹再无人可以入心，然而，此一相逢他便知她永远会在他心底。

人活一世，有再多的财富都不如一个知心的爱人。

于他，更如是。

于是，这诗一般美好的她，给他枯竭心扉里带来绿意、芬芳和柔情万千。让他自表妹离去之后，心有所依，再知红尘滋味。所谓春风如酒，所谓风花雪月，都有了归属。

“休堕玉钗惊比翼，双双。共唼苹花绿满塘”——成了那时他所有的渴慕。

然而，他是满族人，她是汉族人，这样的差距成了他们之间最大的障碍。因为那时的满汉是不可以通婚的。对于有着显赫家世的他，更难逾越。所以，即便他如此想纳她为妾日日与她相伴，也无法带她回京城。

他为此痛苦不已，更因情深赋诗一首，来表达不舍她的心绪：

“索性不还家，落残红杏花。”

再不舍又如何，他们之间隔着的差距实在太大了，他显赫的家世，令身为江南歌妓的她黯然失色，再加上那道任谁都无法纵跃的羁绊。

离别，即成了定论。

离别恨，最是入人骨髓，痛彻心扉。

他唯有用一首词来表达对她的情意难收：

烟暖雨初收，落尽繁花小院幽。

摘得一双红豆子，低头，说著分携泪暗流。

人去似春休，卮酒曾将酹石尤。

别自有人桃叶渡，扁舟，一种烟波各自愁。

他离去了，人虽然回到京城，心却留在了江南。对于这段爱而不得的爱情，遗憾始终在心头。他如此，在江南的她也好不到哪里去。她的多情，如同她的才情一样。每日，她都望穿秋水，期待他的归来。为了他，她更是守身如玉，不迎来送往。

相思极致时，她给他写下了这样一阕伤情的词：

难驻青皇归去驾，飘零粉白脂红。今朝不比锦香丛。

画梁双燕子，应也恨匆匆。迟日纱窗人自静，檐前铁马丁冬。

无情芳草唤愁浓，闲吟佳句，怪杀雨兼风。

若是可与他做世俗里最平凡的夫妻，她愿意舍弃一切，只生生世世追随于他。

在他写尽对她的相思之时，顾贞观又一次出面，像身穿盔甲的勇士一般将他的柔弱罩住，让她再次见到他。这一次是京城，她将江南的一切全然抛却，只为了一个他。

她作为一个女子尚能如此，他一堂堂七尺男儿怎可退缩？于是，这一次他不再辜负她，他不顾家里的反对，执意纳她为妾。即便如此，纳兰相府仍无法给她这青楼女子一个妾的身份，并不许她住进明府花园。

那又如何？

他便将她安置在德胜门的一座别院里，跟她过起了恩爱夫妻的生活。只是天妒幸福，一切尘世的暖终归寂于初。他们在相处不久后，他便病倒了，且一病不起，最终残忍离世。

这一段薄薄的情缘，给了他无数梦里的清欢，却给了她最沉重的眷恋相思。

不过，于她而言，再多的疼痛都无法抵消自己对他的爱恋。

她始终记得他为自己写下的那些情意绵绵的诗句，并支撑自己度过那么多寂冷无眠的长夜。

宿命里的注定邂逅

如同宿命，他们相识于康熙二十三年（公元 1684 年）。

五月的风，轻柔而美好，他们俩在顾贞观的引见下有了第一次的相见，喝了第一次的茶。时值傍晚时分，夕阳之美令人心生愉悦。这儿是她的故乡浙江乌程（今湖州），他们一行几个人坐在画船上，看着轻轻抚琴的她，他不禁忆起了最爱的妻卢氏。

万般滋味，瞬时就涌上了心头。

一抬头间，他望见了她的黑黑的眸，仿似前世今生恍然隔世，从此与她相见恨晚。

多情似他，还提笔为此写下了此刻的心绪：

两鬓飘萧容易白，错把韶华虚费。

便决计、疏狂休悔。

但有玉人常照眼，向名花、美酒拼沉醉。

曾经，好友顾贞观告诉他，有一江南名妓沈宛，对他纳兰性德十分仰慕，并常常将他的词谱成曲来传唱。初听时，他讶然不已，自己的词被传唱确实不少，而被名妓在青楼画舫间传唱，他还是第一次听到。

于是，他在未见她时就对她有了深刻的印象。

再后来，为了驱遣他的寂寥烦恼，好友顾贞观常常伴他饮酒作诗词，偶尔不自觉得提及沈宛，说她的大方、清秀、才学。久而久之里，他对她有了更深的探究，想着某一日一定要去拜访她。

或许，这就是他们之间早定的缘分吧。

不久之后，他有了跟随康熙巡行江南的机会。作为御前侍卫随从，他与康熙一行浩浩荡荡地抵达了他梦寐以求的江南。

这一次刻意为之的邂逅，将他一颗爱她的心深种。于此时的他而言，温柔如水又有才情的她是一剂良药。仕途的不如意，理想的磨灭，爱妻的早早逝去，以及与父亲明珠、帝王康熙间的隔阂摩擦，都让他心灰意冷。

幸运的是，她出现了，让他心生一丝欢愉。

那些时日里，他们缠绵分不开，整日依偎相伴在画舫里，或喝酒填词，或你侬我侬，如同一朵并蒂莲，他们成了一对璧人儿。对于爱，他们两个人都忘情投入且刻骨。

他自风流，然能入心的女子未有几人，一旦入心了，他必定交付真情；

她虽为名妓，身边不乏风流倜傥者，然而从未遇到一个真正为自己付出真情的男子。

就这样，他们爱意深刻。

可是，再刻骨的相爱在世俗里也显得渺小无光。他们一个是汉人，一个是满人，这个不争的事实注定了他们爱情的悲剧结尾。

再是相爱又如何？再是几世修来的缘分又如何？

到了康熙南巡结束的时间，他们不得不分开。他，再是一个堂堂七尺男儿，也无力与世俗相争。

他没有任何办法将她带回京城与之相伴。

他深知满汉之分的无情残酷之界，以他尊贵的纳兰血统，和一个汉人女子相爱已然越轨，若是将她接到京城纳为妾，是绝然不可能的。尽管有无数个时刻，他想放弃一切荣华富贵，做一个隐世的人，然而这太过理想，现实的残酷使他无法挣脱。

给不了幸福的话，唯有放手。

于是，他们在一个夜凉如水的时刻，执手泪别，说有缘再相聚。

之后，他们一个在京城相思入骨，写下那么多深情爱恋的诗词：

而今才道当时错，心绪凄迷。
红泪偷垂，满眼春风百事非。
情知此后来无计，强说欢期。
一别如斯，落尽梨花月又西。

一个在江南望穿秋水，踏遍高楼，日日等待归人回来。

世间爱恋最苦的当数他们这般，分明爱却不能得。

唯叹：这世间情为何物？！

恨有缘无分中

生于钟鸣鼎食之家的纳兰，是郁郁寡欢的。

他虽效力于金戈铁马的军营，出入波诡云谲的官场，然他内心始终落寞不沾任何半点世俗之气。

他曾有词如此：

非关癖爱轻模样，冷处偏佳。别有根芽，不是人间富贵花。
谢娘别后谁能惜，飘泊天涯。寒月悲笳，万里西风瀚海沙。

——《采桑子·塞上咏雪花》

每每读到这阕词，我都觉他站在秋风萧瑟里满心寂寞，那迎面的万里黄沙里有他数不尽的落寞。

曾经他有青梅竹马的绝色表妹，黑发如丝缎、眼眸似水，他一直以为她会成为自己最心爱的女人，所以他一直等，谁知过几年后她却被选入宫中，做了皇上的爱妃。

他的寂寞，应是从那时就生出的。

如同一个绚美如蝶的梦，他的初恋梦碎蝶落，空留爱意恨满。

就这样，在他娶了卢氏为妻后，也没能完全将表妹忘记。直到表妹郁郁而终，他才幡然醒悟，原来深爱竟也可催人死。所幸，心伤之余他亦恍悟“满目山河空念远，不如怜取眼前人”。

于是，他逐渐感知到妻子卢氏的体贴温柔，亦知她也是“吹花嚼蕊弄冰弦、赌书消得泼茶香”的聪慧人。他不愿再辜负一人，便与她琴瑟相和“绣榻闲时，并吹红雨，雕栏曲处，同倚斜阳”。

只是谁知，好景不长，他们夫妻只恩爱了三年，卢氏就因难产而亡。曾那么难以忘却表妹才转而爱恋上的人，却不能长相厮守，该是一种多么痛的体味。于是，在最深的疼痛中，他赋词一首来述其间滋味：

尘满疏帘素带飘，真成暗渡可怜宵。
几回偷拭青衫泪，忽傍犀奁见翠翘。
惟有恨，转无聊，五更依旧落花朝。
衰杨叶尽丝难尽，冷雨凄风打画桥。
——《于中好》

因思念她，他又是一宵未眠，偏生新一天又不是艳阳高照，是那凄风冷雨的葬花阴霾。让人怎不生厌倦之气？

此刻，失了爱人，失了一生的红颜知己，他见不到幸福的可能。

而时年，他也不过二十三岁，却感觉自己如同一个沧桑老人，没有了爱的能力。

若不是遇见她，他或许这一世就孤独终老在无爱里。

对他来说，她是难得的慧心人。只是天意弄人，他们好不容易于千万人之中相遇，却因为满汉不通婚的卑劣世俗而被迫分开。要知道，在爱意情伤里，他还能遇见一个知心爱人是多难的一件事。

他是善感的、多愁的，亦是有才情的，于是他在爱而不可得的情况下，唯用一阕阕词来表达自己的怨尤。

昏鸦尽，小立恨因谁？

急雪乍翻香阁絮，轻风吹到胆瓶梅，心字已成灰。

——《梦江南》

据说，这阕词是他站在沈宛走后的小院里所作的，他痴痴地望着那篱笆角落里的寒梅，寒雪纷飞里，他看到的全是她影影绰绰的样子。冷风吹过，惊却一场美梦，梦碎，他只觉一阵阵心灰意冷，如同飞雪飘花。

爱情里最怕的是有缘无分，那是蚀骨之痛，令人难以喘息。更何况，还发生在以爱为生的纳兰身上，这痛又加重几万倍。

自古深情难相守

话说，那一年为了爱他，沈宛不问结果地勇敢跟随他回到北京的明珠府。蕙质若她，一早即深知嫁给他只是个梦。

果不其然，当他提出和她完婚时，他的父母宗亲极力反对。幸而有纳兰的铁心决绝，才没有辜负她这一片爱人的痴心。

这一次，为了爱人，他们争执、哭泣、咒骂……所幸，顶着巨大的压力他们胜了这一仗。不过这胜也是微胜，他们不能以夫妻为名，她只可做藏起来的妾。

在德胜门大街上的一处小院子里，他们过起的是没有名分的同居生活。而他们之间的爱情，也在争斗之间遍体鳞伤，常常他们坐在彼此的对面，可以听到对方体内暗涌着的伤。

快乐，总是有代价的；欢颜更是如此。

为了争取到这一点底线的爱情，纳兰做出的让步是暂不归隐竹林，而是继续为朝廷做事，做那些他始终心怀抵触的事。所以，他的不快乐随着他们在一起之后越来越甚。每天上朝，他犹如行尸走肉，下朝后还要劳心到府邸给父母跪安，照顾妻儿。是的，那时他还有续弦的妻官氏，虽无爱却是有责任和义务的。最后，他才能挤出一些时间来奢侈地跟她相会。

许多时刻，她就像是偷来的妾，不可“明目张胆”地存在，不可晾在日光之下。

然而，光有爱是抵不过普通岁月里的油盐酱醋的，他们在这折磨人的爱里日渐憔悴。

女子多敏感，亦多善良，她不忍心看着深爱的人为爱憔悴神伤。于是，在一个又一个无眠的夜之后，她提出了要暂别京城，回江南老家一段时日。

她又何尝真想离开？如果可以，她愿意一生一世都与他做伴。然而，她不想因为爱的私心让他与父母裂痕深重，让他变得郁郁寡欢。她希望他能笑颜逐开，每天快乐。

所以，她必须决绝地离开，一如她决绝地到来一样。

纳兰当然不舍她离开，然而她太寂寞了，在无形的压力下她日渐憔悴消瘦，心锁烟愁的样子让他心疼，这不是他想要的，他知道这也不是她想要的。于是，不如放手。

就这样，她带着满满的哀愁匆忙回到了江南。

然而，她万万没料到的是，她这一走，他们之间竟成了永别。

春草渐稀，春光渐瘦里，什么都可以沾湿了她的双眼。原来，永别是这么轻易，让人细思极恐。

那应是她回江南不久。他突发寒疾，将生命永远定格在了三十一岁。

据说，那一天正好是卢氏离去的八年忌日。

命运真是爱跟她开玩笑，她拼尽一生为了他，跟随于他，然而到最后她也未能再见上他一面。她本想着再过段时日，或者她去，或者他来，他们欢聚一下。因为，她已怀了他的骨肉。

然而，一切的一切，没有然后。

在他长眠的梦里，他与他心爱的卢氏相遇，而将无尽的悲伤及蚀骨的思念全部留给了她。

当年秋季，她生下了遗腹子富森。然而因她是汉人妾，断然不能凭子而贵，

只有小小孩儿被带回到了明珠府。

从此，她真正孑然一身。

后来的岁月里，她幽居在江南一处深深的庭院里，再不与人往来。她誓守着她与他的信约，一路念着他的《梦江南》，度过一山又一山、一水又一水的寂寞悲凉。

自古深情难相守，说的即是他们这般！

而他的那一阕“人生若只如初见，何事秋风悲画扇……”，最可诉说他和她的故事。

尾语

人生一世，“情”之一字。

他这一世，是“情”贯穿一生的一世。

为情，他这一生经历了太多苦痛，正如他有枚闲章，刻有“自伤多情”的字样。也是，瘦尽灯花寂寞深宵里，先是爱而不可在一起的表妹，再是情投意合的卢氏，最后还有红颜知己的沈宛。每一次都那么曲折万千，每一次都没能得到圆满。

或许正应了那句“自古多情伤离别”的话。

还是他那句“人生若只如初见”好，若能一切如初，这人世间会少了多少忧伤。

于女子而言，似他这般情深的男子为世所稀。几百年过去，世人依然爱极他的绕指柔肠、如海情深。

确实，如此多情的才子，只他殊世难得。贵为相国公子，天生富贵，丰神俊逸，是浊世里真正的翩翩公子。不过，最难得的还是他的重情重义。他不曾辜负过他爱过的任何一个女子，也未交付过任何薄情。

也终于明了沈宛为他的一世空寂守候。

图书在版编目（CIP）数据

纳兰词：一尺华丽，三寸忧伤 / (清) 纳兰性德著；桑妮编著. -- 北京：新世界出版社，2019.11

ISBN 978-7-5104-6888-9

Ⅰ.①纳… Ⅱ.①纳… ②桑… Ⅲ.①词(文学)—作品集—中国—清代 Ⅳ.①I222.849

中国版本图书馆CIP数据核字（2019）第205099号

纳兰词：一尺华丽，三寸忧伤

作　　者：（清）纳兰性德
编 著 者：桑　妮
责任编辑：丁　鼎
责任校对：宣　慧
责任印制：王宝根　苏爱玲
出版发行：新世界出版社
社　　址：北京西城区百万庄大街24号（100037）
发 行 部：（010）6899 5968　（010）6899 8705（传真）
总 编 室：（010）6899 5424　（010）6832 6679（传真）
http://www.nwp.cn
http://www.nwp.com.cn
版 权 部：+8610 6899 6306
版权部电子信箱：nwpcd@sina.com
印　　刷：天津旭非印刷有限公司
经　　销：新华书店
开　　本：880mm×1230mm　1/32
字　　数：250 千字　　印　　张：8.75
版　　次：2019年11月第1版　2019年11月第1次印刷
书　　号：ISBN 978-7-5104-6888-9
定　　价：56.80 元